全新譯校　經典新版世界名著 31

La Dame aux Camélias

茶花女

〔法〕小仲馬 著

黃晶 譯

出版緣起

經典新版　世界名著

閱讀經典名著確實是不一樣的宴饗。人們對於經典名著，不會只說「我讀過」，而是說「我又讀了」。事實上，我每次去讀它，都會讀出新的東西，新的精神。

——當代義大利名作家、後設小說大師卡爾維諾（Italo Calvino）

真正的光明，絕不是永遠沒有黑暗的時候，只是永不被黑暗掩沒罷了。真正的英雄，絕不是永遠沒有卑下的情欲，只是永不被卑下的情欲所征服罷了。閱讀經典名著，永遠可以使人自我昇華，不陷於猥瑣。

——法國名作家、諾貝爾文學獎得主羅曼羅蘭（Romain Rolland）

閱讀文學經典、世界名著，能夠滋潤現代人的心靈，使人對世事、愛情與人性重新有一番體悟。

——美國現代名作家、諾貝爾文學獎得主海明威（Ernest Hemingway）

台灣曾出版的世界名著與文學經典可謂汗牛充棟，然而，細察譯文品質與內容，大多是三十至五十年代大陸譯者的手筆，其行文用語的方式與風格，早已與當代讀者的閱讀習慣、閱讀趣味脫節，以致不再能喚起讀者的關注。這一套「經典新版　世界名著」是全新譯本，行文清晰、流暢、優雅，用語力求充分符合當代人的品味。故而，是「後真相時代」中尋求心靈滋養者最適切的選擇。

譯者序　浮華背後純粹的愛情

黃晶

「她從來只戴茶花。一個月中，有二十五天她戴白色茶花，另外五天戴紅色茶花。沒有人知道這顏色變幻的原因，在巴爾榮夫人的花店中，她被人稱作茶花女。這名字就叫開了。」這就是《茶花女》中對主人公瑪格麗特的經典描寫。

《茶花女》是法國作家小仲馬的代表作。小仲馬（一八二四年至一八九五年），法國著名的戲劇家、小說家。他的父親是以多產聞名於世的傑出作家大仲馬。為了與其父作區別，多稱小仲馬。他的代表作有小說《茶花女》、戲劇《半上流社會》、《金錢問題》、《私生子》、《歐勃萊夫人的見解》、《阿爾豐斯先生》等。《茶花女》是他的成名作。

小仲馬的作品大都以婦女、婚姻、家庭問題為題材，或描寫在資產階段腐朽風尚毒害下淪落的女性，或表現金錢勢力對愛情婚姻的破壞，或譴責夫妻之間的不忠。小仲馬在《茶花女》裡，以細膩的筆觸、深情的語言，抒寫了作為一個妓女的思想和感情，希望和絕望。小說改編成劇本後，被先後四次搬上銀幕，獲得巨大成功。後來此劇又被改編成歌劇，至今仍在世界各地上演。

《茶花女》的故事敘述的是男主人公奧爾馬與女主人公瑪格麗特的愛情悲劇。小說描寫的是被迫淪為妓女的瑪格麗特，在巴黎終日與貴族公子們來往，一次偶然結識了富家子弟奧爾馬。奧爾馬真摯的感情激發起瑪格麗特對真正愛情生活的嚮往。但抱有資產階級偏見的奧爾馬的父親，認為這種結合有辱門第，影響奧爾馬的前程，親自出面迫使瑪格麗特離開奧爾馬。奧爾馬以為她有意拋棄他，多次尋找機會報復。瑪格麗特深受疾病和精神的雙重折磨，終於含恨而逝。

作者在情節的佈局和剪裁方面並沒有下很大的功夫，文字樸實動人，充滿著一腔怨憤，洋溢著充沛的激情。雖然在小說問世的時候，法國浪漫主義文學運動已經漸趨勢微，但是這部小說仍然散發著一股頗為強烈的浪漫氣息。尤其是小說的結尾部分，瑪格麗特的日記和遺書一篇比一篇動人，這顯然是作者有意識的安排。這批遺書讀起來聲聲哀怨，字字血淚，迴腸蕩氣。酣暢淋滿，致使整篇小說在感情奔放的高潮中結束，獲得了極佳的藝術效果。

《茶花女》的取材，來自於阿爾豐西娜・普萊西的一生以及她同小仲馬的一段感情糾葛，但是作品與現實並不相同。小仲馬同阿爾豐西娜·普萊西一段交往只不過是這位著名作家的一段風流韻事，而奧爾馬與瑪格麗特的愛情悲劇卻蘊含著相當深刻的社會內容和普遍意義。這是因為，無論小仲馬對阿爾豐西娜的感情如何，他敏銳地感受到這位不幸的風塵女子之死不是一樁孤立的事件，而是一種具有深刻含義的社會現象。他由此想到了自己的那位可憐的親生母親，想到了社會的種種殘酷和不平。而更令人不能容忍的是，人世間的這些悲劇卻往往又是在維護某種道德規範的冠冕堂皇的理由下造成的。小仲馬的創作觀念因而出現了深刻的變化，他開始自覺地把完善道德、追求理想作為文學創作的原則，並意識到這是文學家的責任和義務。

儘管人們並不十分清楚小仲馬心目中的「道德」和「理想」的準確含義，但是讀者們分明可以在《茶花女》中看到作者對那種壓抑人性、摧殘愛情的虛偽而又殘酷的道德觀念的批判和鞭撻，聽到作者發自內心深處的痛楚的吶喊。《茶花女》這個愛情故事的真正意義和價值，也許主要就在這裡。

瑪格麗特是作者費勁心思塑造的成功的風塵女子形象。作者刻意把她塑造得與眾不同。她美麗、聰明而又善良，雖然淪落風塵，但依舊保持著一顆純潔、高尚的心靈。她充滿熱情和希望地去追求真正的愛情生活，而當這種希望破滅之後，又甘願自我犧牲去成全他人。這一切都使這位人們所不齒的煙花女子的形象閃爍著一種聖潔的光輝，以至於人們一提起「茶花女」這三個字的時候，首先想到的不是什麼下賤的妓女，而是一位美麗、可愛而又值得同情的女性。古今中外的文學名著為人們留下了許許多多不朽的藝術形象，而瑪格麗特則完全可以躋身其間而毫無愧色。

瑪格麗特是那個社會的犧牲品，是一個垃圾堆裡唯一純淨的空酒瓶，是整個變態社會的縮影。她願意傾其所有來換取愛情，而她卻無法用自己的尊嚴與良心來成全他的愛。她寧願去成全一個可憐的父親對兒子自私霸道的愛，寧願去成全一個哥哥為了妹妹的終生幸福所履行的責任。

她雖然只是一個靠出賣肉體生存的下等人，卻造就了世間最偉大的愛情，她所作的一切是由愛喚起的，她的死亡也是愛對她的洗禮。她帶走的是所有了解她的人的眼淚；丟棄的，是一個荒誕的世界。作者試圖通過她來向世人闡明：瑪格麗特的悲劇並非只是一個妓女的悲劇，那是一個時代、一種人文思想的荒誕的悲哀。

本書沒有華麗的文字，但那真摯的感情對白卻能讓每一個有過戀愛經歷的人漸漸把自己與主人公融為一體，設身處地的為他們著想，與他們一起歡笑一同流淚，可以說《茶花女》的故事，其實就是作者小仲馬自己的愛情故事。由於作者自己的特殊身分，讓他更貼切的明白法國資本社會的淫靡之風，導致許多像瑪格麗特一樣的女性受到侮辱與損害，使他決心通過文學來改變社會道德。瑪格麗特和奧爾馬的愛情，無疑是純潔、高尚的，但，當時的社會現實真的使人無法「出淤泥而不染」，所以他們悲劇性的結局，也是必然的結果。

《茶花女》一出版便引起了極大的轟動，儘管上流社會惱怒地批評它「渲染妓女生活，淫蕩墮落、低級下流」。但是更多人被裡面真切感人的事所征服。瑪格麗特悲慘的遭遇以及她靈魂的悲號，還有男主人公奧爾馬痛徹肺腑的悔恨，都強烈地觸動著讀者的心弦。值得一提的是：《茶花女》也是最早被介紹到東方的西方文學名著，讓我們一起走進那個浮華背後的純粹的愛與靈魂。

目錄
Contents

出版緣起／3
譯者序　浮華背後純粹的愛情／5

chapter
1 巴黎交際花的生活痕跡／13
2 配戴茶花的女子／23
3 扉頁的題詞／33
4 物歸原主／43
5 鋪滿鮮花的墓地／55
6 親眼目睹／67
7 非常簡單的故事／79
8 有魅力的女子／95
9 這個女人身上有某種單純的東西／107

10 近乎懺悔的坦率／123
11 鍾情／139
12 交際花的愛情／155
13 甫麗苔絲的大道理／167
14 肆無忌憚的信／181
15 表白／195
16 無法控制的日常開銷／205
17 新生活／219
18 債務／229
19 思想上的距離／241
20 愛情和親情／251
21 傷心的真正原因／261
22 瑪格麗特的出走／273
23 再次相遇／285
24 卑劣而殘酷的折磨／299
25 日記內容／317
26 失去靈魂的軀殼／329
27 真摯的愛情／349

chapter 1

巴黎交際花的生活痕跡

我一向堅信，只有對人物本身悉心研究過的人，才有可能塑造出活靈活現的人物形象，就像只有認真地學習過某種語言，才會講該語言一樣。

由於我現在對文學創作還沒有達到筆下生花的程度，所以只好滿足於平鋪直敘了。

我誠懇地希望讀者能夠相信這個故事的真實性，到現在為止故事裡面出現的所有人物，除了女主人公外，至今都還活在世上。

此外，我所記錄的大半故事，在巴黎都有很多的見證人，倘若我的記錄不夠令人信服的話，他們可以出面為我作證。出於某些特別的原因，唯有我才能完整地將這個故事記錄下來，因為也只有我對這個故事瞭解得鉅細無遺，不然，我如何能寫出這部完整又興味盎然的故事來呢？

下面就來說說我是怎樣瞭解到這些詳情的。

一八四七年三月十二日，我在拉菲路看到一張大幅的黃色廣告，宣稱將要拍賣大量傢俱和珍貴古玩。本次拍賣是在物主過世後舉行的。廣告上並沒有提到物主姓名，只說到拍賣將於十六日中午到下午五點鐘，在安泰街九號進行。

廣告另外寫到，這個月的十三和十四號，大家還可以參觀這套公寓和傢俱。

我一直是個古玩愛好者。於是心想這次一定不能坐失良機，即使什麼也不買，也要徹徹底底地飽個眼福。

第二天，我來到了安泰街九號。雖然時間還早，可是公寓裡已經有很多參觀者，甚至也有女性。雖然她們都穿著高級的絲絨服裝，身披華貴的開司米披肩，門口還恭候著豪華的四輪轎式馬車，但是她們仍然都驚訝地、專注地，甚至還羨慕地欣賞並讚歎著展現在她們眼前的奢華陳設。

不久，我就理解她們為什麼這樣羨慕和驚訝了。因為我四處觀察了一陣，馬上就明白了自己正待在一個靠情人供養的女人，也就是一位高級妓女的房間裡。可是，上流社會的婦女想看到的，也正好就是這種女人的內室，而這裡恰好有一些上流階層的婦女正在參觀這寓所。這些女人靠人供養並擁有華麗的馬車，在她們乘馬車外出的途中，每天都會向貴婦人的馬車上濺濺泥漿。她們跟那些貴婦人一樣，在義大利的歌劇院都訂有包廂，坐在她們隔壁甚至和那些女人一起談話。她們每天厚顏無恥地在巴黎賣弄她們的風騷、炫耀她們的珠光寶氣和財富地位。

現在我參觀的這所房間的女主人已經故去，因此如今連最貞潔的女人都可以隨意出入她的房間，參觀她的臥室。死神已經將這個富麗堂皇而又藏汙納垢的房間淨化乾淨。再說，如果一定要有一個緣由的話，她們的藉口是，她們是來參加拍賣的，之前並不知道這是誰的家。她們看到了廣告，想來觀賞一下廣告上推薦的東西，只是預先挑選一番而已，這是再正常不過的事了。而這並不影響她們從所有這些奇珍異寶中，探尋這個交際花的生活痕跡。再說，她們已經從別人的談話中，聽到過和這個交際花有關的一些非同尋常的故事了。

不幸的是，那些秘密的事情已隨同這個女主人一起消散了，不管這些貴婦人的期待和願望有多良好，多不可思議，她們也只能是獲得死者身後留下來要拍賣的物品，卻絲毫也看不出女主人生前操皮肉生涯的痕跡。

幸好，值得買的東西很多。這裡陳設富麗堂皇，雕刻物精美華麗，有布林製作的玫瑰木傢俱[1]，塞弗爾[2]和中國的花瓶，薩克森[3]的小塑像，綢緞、絲絨和花邊刺繡品，真是琳琅滿目，應有盡有。

我跟隨著那些比我先來的好奇的貴婦們，在住宅裡信步而行。她們走進一間拉著波斯帷幕的房間，當我也正要跟著進去的時候，她們卻隨即微笑並搖擺著退出來，彷彿對這次新的獵奇感到羞恥。但是這反而更激起了我想馬上踏入這個房間的強烈欲望，以探個究竟。原來這是女主人生前的梳妝室，裡面擺滿了各種最精緻的玩意兒，從這裡看出死者生前的揮霍無度到達了頂點。

靠牆擺放著一張寬約三尺，長六尺的大桌子，阿克卡和歐蒂昂[4]製作的各種珍寶在桌子上面閃閃發光，可謂琳琅滿目，真是洋洋大觀、華麗非凡的一套收藏。這千百件珍藏品對於居於這房間內的女主人而言，是梳妝打扮不可或缺的必備之物，而且其中沒有一件不是金器或銀器。很顯然，這麼多的收藏品只能是逐漸地收集，也不是某個情夫一個人就能搜羅齊全的。

---

1. 原產於巴西的高級木材，因能散發出玫瑰花香得名。
2. 法國村鎮，著名瓷器工業中心。
3. 德國著名瓷器、食品、紡織中心。
4. 十八、十九世紀巴黎著名的金匠。

我目睹著這間屬於一個由情人供養的女人的梳妝室，心中並未感覺到不悅或者厭惡，無論是什麼東西，我都饒有興趣地仔細觀察欣賞了一番。我發現，所有這些巧奪天工的器具，都鐫刻著各種不同姓氏的首字母和形形色色的徽章。舊時貴族家庭的族徽，通常被鐫刻在該家族的器物上。

我瞧著所有這些物品，其中每一件都使我想到這個可憐女子的一次肉體交易。我想，上帝對她還算寬宏大度，因為畢竟沒有讓她遭遇通常的那種懲罰，就是面對風燭殘年的晚年，而是讓她帶著那如花似玉的容貌，在奢華中死去。對於那些交際花來說，年老色衰就是她們的第一次死亡。

確實，還有什麼比放蕩墮落的晚年——尤其是對於女人——更為慘不忍睹的呢？她們的晚年過得沒有一絲尊嚴可言，也不會引起別人的絲毫關心和同情。這樣抱恨終生，並不是因為追悔過去誤入歧途，而是悔恨自己一再失算和用錢不當，這種命運恐怕是人們能夠聽說的世界上最悲慘的了。我認識一位曾經風流一時的老婦人，過去的生活只把一個女兒留給她，據她那時候的人說，她的女兒幾乎同她母親年輕時一樣漂亮。這位母親從來沒有對這個可憐的女兒說過一句「你是我的女兒」，反而要她給自己養老，就像她作為母親把她從小撫養大一樣。這個可憐的女孩名叫路易絲，她聽從母親的意思開始了委身於人的生涯，既毫無選擇，也毫無興趣，更毫無熱情，彷彿是有人想要她從事某種職業，她就從事這種職業一樣。

長期以來耳濡目染這種墮落的生活，並且過早地沉湎於此，再加上這個女子常年體弱多病，這一切扭曲了她分辨善惡是非的能力，這種能力上帝也許給予了她，但是沒有人想過使它得到發展。

我會永遠記得這個女子，她幾乎每天總是在同一時刻走過大街。她的母親片刻不離地陪伴著她，這樣持之以恆，如同一個真正的母親陪伴自己的親生女兒一樣形影不離。那時我還年輕，很容易沾染上那個時代社會的輕佻風尚。但我還是記得，每當看到這種醜惡的令人非議的監視行為，我發自內心地感到蔑視和厭惡。

除此之外，任何處女的臉上，都不會有如此天真無邪的情態和這樣憂鬱而痛苦的表情。

這簡直可以說就是一張委屈女郎[5]的面孔。

有一天，這個女子的臉上突然展現出一絲喜悅和豁然開朗的神情。在她母親一手

5. 巴黎聖額斯塔什教堂中的一座大理石雕刻的婦女頭像，因其面容帶有哀怨隱忍之情而得名。

包辦的墮落生涯裡，天主彷彿賜予了她一點獲得幸福生活的權利。說到底，天主既然已經塑造了她軟弱無力的性格，為何不讓她在痛苦的生活重負下得到一點點的慰藉呢？終於有一天，她發現自己懷孕了，她身上還有的那麼一點聖潔的思想，使她欣喜得全身戰慄。人的心靈總有一些古怪的避難所和寄託。路易絲立刻跑去把這個使她欣喜若狂的消息告訴她的母親。這說起來實在是一件令人難以啟齒的事，但是，我們並不是在這裡隨意編造一些傷風敗俗的故事，而是在講述一件真人真事。如果我們認為沒必要時不時地揭露這些女人的苦難的話，我們索性閉口不談也許更好一些。人們常常譴責這些女人，又不聽她們的申訴，蔑視她們，又不公正地對待和評價她們。我們覺得難以啟齒，但是做母親的居然這樣回答她的女兒：她們兩個人的生活已經不太夠花銷，三個人的話就更入不敷出了；再說，這樣的孩子一無用處，因為懷孕不做生意也是白白浪費時間。

第二天，有一位助產婆——我們暫且把她當做女孩母親的一個朋友——來看望路易絲。路易絲臥床數日，病好後臉色比過去更蒼白、身體更虛弱。

三個月以後，有一個男子對她心生憐憫和愛慕，設法要醫治她身心的創傷，然而這最後一次打擊太厲害了，路易絲最終由於流產的嚴重後果，不治而逝。

她的母親仍在人世，生活得怎麼樣？大概只有天知道！

正當我凝視著那些金銀匣子的時候，這個故事便浮現在我的腦際。看來在我沉思凝想的時候，已經過了相當一段時間了，因為屋子裡只剩下我和一個看門人，他正在門口嚴密地監視著我，看我是不是在偷竊。

我走近這位看門的老實人，他已被我弄得惴惴不安。

「先生，」我誠懇地對他說，「您可以告訴我這房間的主人叫什麼名字嗎？」

「瑪格麗特・戈迪爾小姐。」

我知道這個女人，並且還有過一面之交呢。

「是嗎？」我對看門人說，「瑪格麗特・戈迪爾去世了嗎？」

「是的，先生。」

「什麼時候去世的？」

「大概三個星期前吧。」

「那為什麼讓人來參觀她的公寓呢？」

「那些債權人覺得只有這樣做才能抬高拍賣價。買主可以預先看看這些織物和傢俱，您明白，這樣可以提高價格招徠顧客。」

「這麼說，她還欠下債了？」

「噢！先生，欠了一大筆債呢！」

「那麼，拍賣得的錢可以付清那些債務了吧？」

「差不多，應該還有剩餘。」

「那麼，剩餘下來的錢會給誰呢？」

「給她的家屬。」

「這樣說，她還有家？」

「看來有。」

「謝謝您，先生。」

看門人摸清了我的來意之後就感到放心了，還對我有禮貌地行了個禮，於是我走了出去。

「可憐的女人！」在回家的路上，我心裡想著，「她必定死得很慘，因為在她這種生活圈子中，只有身體健康的人才會有朋友。」我不由自主地對瑪格麗特的命運產生了同情和憐憫之心。

很多人可能對此感到荒唐可笑，但是我對這些煙花女子是很寬容的，我甚至覺得犯不著為這種寬容與人爭辯什麼。

有一天，我去警察局領取護照的時候，看到旁邊一條街上有一個妓女被兩個憲兵押走。我不知道這個女人到底做了什麼事。我所看見的只是她抱著一個才幾個月大的嬰兒，哭得淚如雨下，也許因為她被逮捕後，母子就要骨肉分離了。從這一天起，我便再也不會輕易地蔑視一個剛見面的女人了。

chapter 2 配戴茶花的女子

拍賣會在十六日舉行。

在參觀和拍賣之間安排有一天間歇的時間，這段時間是留給掛毯工人用的，他們可以在這段時間內拆卸帷幔、窗簾等飾物。

那時候，我正好剛從外地旅行歸來。當獨自一人回到消息靈通的首都時，我的朋友們總會告訴我一些重要的新聞，然而，沒有人把瑪格麗特的去世作為要聞告訴我，這也是相當自然的。瑪格麗特長得風致楚楚，但是，這些女人的生活越是引起街談巷議，她們的死便越是悄無聲息。她們猶如某種星星，升起和殞落時一樣黯然無光。倘若她們年紀輕輕就夭折了，那麼她們所有的情人就會同時獲知消息。因為在巴黎，一位交際花的所有情人差不多都融洽無間。他們在一起時會你一言我一語地回憶幾件她過去的事，然後彼此將照舊繼續生活交往下去，毫不受其影響，甚至沒有一個人掉一滴眼淚。

現在的人到了二十五歲，眼淚就變得非常少見，當然不可能隨便對什麼女人輕易拋灑同情之淚。至多也就是為曾經為他們花過錢的父母們掉幾滴眼淚，作為對他們花錢養育自己的報答。

至於我，雖然在瑪格麗特的任何一個梳妝匣上，都沒有以我名字的首字母組成的圖案，可是我剛才承認過的那種出於本能的寬容和那種天生的同情憐憫之心，卻使我對她的辭世久久不能忘懷，儘管她超出了值得我如此緬懷的程度。

我記得過去時常在香榭麗舍大街碰到瑪格麗特，那時她總是坐在一輛由兩匹棗紅色駿馬駕著的藍色四輪轎式馬車裡，每天一定經過那裡。那時我注意到她身上有一種罕見的不同於她那一類人的高貴氣質，這種氣質使她的美貌韻色更添風采，更顯得不同凡響。

通常這些不幸的女子出門時，身邊總是有人陪伴著。

這是由於這些女人都害怕孤獨和寂寞，加上任何男人都不願意把自己同這種女人的夜夜恩愛公諸於眾，因而她們外出時總是帶著女伴，這些女伴的景況都和那些女人有著無限的差距，她們沒有自己的車子，而且大多是愛搔首弄姿的老婦人，只是任憑如何打扮，都已無法顯示出俏麗的容顏。假使有人想知道她們所陪伴的女子的任何私情秘事，那麼，盡可以毫無顧忌地去向她們請教。

瑪格麗特卻與眾不同。她總是獨自一人坐車到香榭麗舍大街，冬天裹著一條開司米大披肩，夏天穿著十分素雅的連衣裙，儘量不惹人注意。雖然她在這條她時常散步的街道上有很多熟人，她也僅僅是偶爾對他們莞爾一笑。也只有這些熟人才可以看到她這種彷彿只有公爵夫人才有的微笑。

她也不像其他同行那樣，在圓形廣場與香榭麗舍大街入口之間踟躕。她的那兩匹馬常把她飛快地拉到布洛涅園林[6]，她在那裡下車，漫步一個小時，然後重新登上她那華麗的雙座四輪轎式馬車，驅車疾駛回家。

所有這些情景我以前都目睹過，如今依然歷歷在目，這個女子的夭折令我非常痛惜，如同人們惋惜一件精美的藝術品被毀壞一樣。

的確，再也不可能看到像瑪格麗特一樣迷人的美女了。

她身材頎長苗條，有點過於高挑，可是她擁有一種精妙絕倫的才能，只要在穿著上稍稍花些功夫，便可以掩蓋造化的這個小小疏忽。她披著長可及地的開司米大披肩，兩

6. 巴黎近郊的一處舊時上流社會人物聚遊的景點和遊樂勝地。

邊留出絲綢連衣裙寬闊的邊飾。厚厚的手籠包藏住她的手，緊貼在胸前，四周圍滿了褶襉，做工十分精巧，無論用怎樣挑剔的眼光來看，線條的曲折都是無從指責的。

她的頭髮非常秀美，彷彿經過精心修飾，顯得小巧玲瓏，就像繆塞[7]所說的那樣，她的母親彷彿有意把她生得這麼小巧，以便於精心雕琢打扮。

在她豔若桃花的鵝蛋臉上，嵌著兩隻烏黑的大眼睛，兩道彎彎的黛眉，如同畫就一般；眼睛罩上了濃密的睫毛，當睫毛低垂時，在嫣紅的臉頰上投下一縷淡淡的陰影；纖巧、挺秀的鼻子充滿著靈氣。由於對肉慾生活的強烈渴望，鼻翼微微向外張開；嘴巴端正勻稱，柔唇優雅地微啟時，便露出一口潔白的牙齒；皮膚就像未經手觸摸過的桃子上的絨毛一樣而顯出顏色。這便是她那迷人而充滿魅力的臉蛋的全貌了。

黑玉般的頭髮，不知是否是天然捲曲的，在額前分披成兩大綹，消失在腦後，露出兩個耳垂，兩隻鑽石耳環熠熠發光，每只價值大約四五千法郎。

瑪格麗特雖過著縱慾的生活，但她的面容卻呈現出處女般純真的神態，甚至還帶著一些稚氣，這點難免讓人百思不得其解。

7. 十九世紀時的一位法國浪漫主義詩人、小說家和劇作家。

瑪格麗特有一幅很好的自己的肖像畫，它出自維達爾[8]之手，也只有他的手和畫筆，才能把她畫得如此維妙維肖。在她去世以後，這幅畫曾在我手裡一段時間。這幅畫畫得確實活靈活現。對往事的記憶也許會有疏漏，而這幅畫卻能彌補不少我記憶的缺失。

這一章裡描述的詳情，有些是我後來才知道的，不過這些將在下面的文字中一一談到，以免開始講述這個女子的軼事時，再回過頭來提起。

每逢劇場首場演出，瑪格麗特一定光臨。每天晚上，她都在劇場或舞廳裡度過，只要有新戲上演，十有八九會在劇場裡見到她。她總有三樣東西不離身：一副觀劇望遠鏡、一袋糖果和一束茶花，並且總是放在底層包廂的前欄上。

這些茶花一個月裡有二十五天是白色的，另外五天則是紅色的。從來沒有人知道茶花顏色變化的原因，連我也無法解釋個中緣由。在她常常光臨的那幾個劇院裡的常客，還有她的朋友們，都和我一樣注意到了這件事。

除了茶花，誰也沒看見瑪格麗特帶過別的花。因此，就在她經常去的巴爾榮夫人的花店裡，有人給她取了「茶花女」這個綽號，並流傳開來。

8.十九世紀時法國的一位知名油畫家。

另外，如同在巴黎的某個圈子裡生活的所有人一樣，我知道瑪格麗特做過一些風流倜儻的翩翩少年的情婦。對於這些，她毫不隱瞞，而他們則自吹自擂，可見，這些情夫和他們的情婦彼此都是心滿意足的。

然而，據說有一次，從貝尼爾[9]旅遊歸來以後，有三年左右的時間，她只和一個外國老公爵一起生活。這位老公爵富可敵國，千方百計要她結束過去的生活，看來她也心甘情願地聽從老公爵的擺佈了……

關於這件事，別人是這樣跟我說的：一八四二年春天，瑪格麗特身衰體弱，氣色也愈來愈不好，醫生們建議她到溫泉去療養。於是她便動身去了貝尼爾。

在那裡的病人當中，就有那位公爵的女兒，她不僅和瑪格麗特有著同樣的病症，而且長得極為相似，以致別人甚至會把她們看作姐妹倆。然而公爵小姐的肺病已經到了第三期，瑪格麗特來了之後沒幾天，公爵小姐便撒手人寰了。

正如有些人總是願意待在埋葬著自己親人的土地上一樣，公爵在他女兒離開後就一直留在貝尼爾。一天早上，在一條小徑的拐角處他遇見了瑪格麗特。

9. 在上庇里牛斯山區，法國著名的溫泉療養勝地。

他彷彿看到女兒的亡靈在眼前掠過一樣，便朝她奔過去，抓住她的手，淚流滿面地抱住她，也不打聽清楚她到底是誰，只懇求允許他能夠經常看到她，允許他把她當做自己逝去的女兒的影像來愛她。

瑪格麗特只是跟她的侍女一起來到貝尼爾，再說她也絲毫不介意自己的名聲受到玷污，便欣然允諾了公爵的請求。

在貝尼爾，也有一些人認識瑪格麗特，他們特意來拜訪公爵，把瑪格麗特小姐的真正身分告訴他。這對老人來說是當頭一棒，因為這樣一來她就再也談不上跟他女兒還有什麼相似的了，然而為時已晚。瑪格麗特已經成為他心靈上的一種慰藉，甚至成了他賴以生活下去的唯一理由和唯一藉口。

他絲毫不責備瑪格麗特，何況他也沒權力這麼做，但是他問瑪格麗特，她是否能夠改變自己的生活方式，作為交換的條件，他什麼都願意答應她，以彌補她的損失。瑪格麗特於是答應了下來。

需要說明的是，瑪格麗特生性熱情奔放，當時正在患病。她覺得以前的生活方式是自己患病的主要原因之一。用迷信的話來說，她希望天主將美麗和健康留給她，作為自己悔改和皈依的交換。

幸運的是，夏末秋初的時候，由於常常洗溫泉澡、散步，適當的活動和充足的睡眠，她差不多已經恢復了健康。

公爵陪伴瑪格麗特回到了巴黎。他仍舊像在貝尼爾一樣，經常來探望她。他們的這種關係，別人既不瞭解真正的起因，也不瞭解真實的理由，所以在巴黎上層社會引起了極大的轟動。因為公爵是以家財萬貫而著稱，現在又以揮霍無度而聞名遐邇。

大家把老公爵同瑪格麗特的親密關係，歸之於老富豪慣有的貪淫好色。他們把各種各樣的猜測都想到了，唯獨除了真情。

然而，這位老人對瑪格麗特的感情，起因卻如父愛一樣純潔，除了心靈相通和真切的關心外，其他任何關係在公爵看來都是亂倫，他始終沒有對瑪格麗特說過一句他女兒不宜入耳的話。

我們無意把女主人公描寫成不同於她本來面目的模樣。因此，我要說，只要她待在貝尼爾，她是很容易遵守對公爵許下的諾言的，況且她已經踐約了。然而，一旦回到巴黎，這個慣於放蕩生活、揮霍享樂、甚至狂飲濫喝的女子，就覺得只有老公爵的定期來訪才可以打破一下她的孤獨寂寞。這讓她覺得煩悶得要命，而以往生活的熱流同時湧上了她的腦海和心房。

要提一下，自從瑪格麗特這次度假回來之後，顯得前所未有的漂亮。她當時才二十歲。她的病雖然暫時有了一些起色，但並沒有根除，這更激發了她的狂熱欲望，這種欲望往往是肺病引起的結果。

公爵的朋友們堅持說，公爵跟瑪格麗特來往有損他的聲譽。他們不斷地監視著瑪格麗特，想抓住她醜事的證據。一天，他們前來告訴公爵，並向他證實，瑪格麗特在確信公爵不會去看她的時候，便開始和其他的人鬼混，而且經常延續到第二天。這些話使公爵感到鑽心地痛苦。

公爵盤問瑪格麗特時，瑪格麗特向公爵承認了這一切，還毫不隱諱地告訴他不要再關心照顧她了，因為她覺得自己再沒有力量遵守許下的諾言，而且也不願意再接受一個被她欺騙的男人的恩惠了。

公爵有一個星期沒有露面，但是他能做的也僅限於此。到了第八天，他來懇求瑪格麗特還是和以前一樣繼續跟他交往。而且他答應，只要能夠看到她，她想做什麼事他都能夠接受。他還起誓說，即使要他一命嗚呼，他也絕對不會責備她。

這就是瑪格麗特回到巴黎三個月後，即一八四二年十一月或者十二月發生的事情。

chapter 3 扉頁的題詞

十六日下午一點鐘，我按時來到了安泰街。

在能通車輛的大門口，就可以聽到估價拍賣人的叫喊聲了。

寓所裡擠滿了好奇的人，所有名妓名媛都蒞臨了，有幾個貴婦人在偷偷打量著她們。這些貴婦醉翁之意不在酒，她們想以參加拍賣的名義，名正言順地仔細瞧瞧那些自己從來沒有機會與之相處的女人，或許她們還在私下裡暗暗豔羨這些名妓輕佻放蕩的享樂生活呢。

F公爵夫人與A小姐擦肩而過，這位A小姐是當時妓女中最時乖運蹇的女人之一。T侯爵夫人正在遲疑是不是應該把D夫人正在一個勁兒抬價的那件傢俱買下來。D夫人是時下最風流、最著名的交際花。Y公爵在馬德里被盛傳在巴黎破了產，而在巴黎又有謠言說他在馬德里破了產，可說到底他連最低的收入都花不完。他一邊跟M太太談話，一邊跟N夫人眉目傳情。M太太是一位才華橫溢的短篇小說作家，她不時把自己所講的故事寫下來，並且簽上她的大名；漂亮的N夫人喜歡在香榭麗舍大街徘徊散步，並且老是喜歡穿粉紅或者藍色衣服，兩匹高大的黑色駿馬為她駕轅，她是以一萬法郎的價格從托尼的手中買下這兩匹馬的。最後還有R小姐，她是完全憑自己的才智爭取到現在的地位的，這使那些只會炫耀嫁妝的上流社會的貴婦人自愧弗如，更使那些靠情人謀生的女人難以望其項背。她不顧天寒地凍來此競拍，引起眾多矚目。

聚集在這所房子裡的很多人的姓氏首字母，我們還是可以一一羅列出來的，他們在這裡彙聚一堂是很令人驚訝的。但是，我們也擔心這樣做會讓讀者覺得厭煩。只消再說一句，當時在場的人無不歡天喜地，其中很多都是與死者相識的，但是好像對於故人並沒有懷念之情。

公寓裡大家笑聲朗朗，拍賣估價人聲嘶力竭地喊叫著。坐在拍賣桌前長凳上的商人們試圖叫大家安靜下來，好讓他們安安穩穩做生意，然而這明顯是徒勞的。如此雜亂喧鬧的拍賣會我似乎還從未見過。

我偷偷地溜進這令人悲哀的紛亂嘈雜的拍賣會現場。這情景竟然發生在這個可憐的女人咽氣的房間裡。為了償還她生前的債務，如今只能拍賣掉她的傢俱來抵債。與其說我是來買東西，倒不如說是來看熱鬧的。我注視著那幾個從事拍賣活動的商人的面孔，每當一件東西叫到他們料想不到的高價時，他們就喜笑顏開。

那些在這個女人的賣笑生涯中搞過投機買賣的人，那些在她身上大賺一筆的人，還有那些在她彌留之際還拿了印花的借據來糾纏不休的人，現在還有在她死後還來冠冕堂皇地收取賬款和卑鄙可恥的貸款利息的人，真可謂謙謙君子呀！

所以古人有言，商人和盜賊信仰同一個天主，實在是言之有理！

連衣裙、開司米披肩、首飾，快得讓人無法相信地一下子都拍賣掉了。然而沒有一樣我中意的東西，我一直期盼著。

突然，我聽到喊叫聲：

「一本書，裝幀精美，書邊燙金，書名《芒努・萊斯科》[10]，扉頁寫著題字，十法郎。」

「十二法郎。」片刻沉默後，有聲音響起：

「十五法郎。」我說道。

10. 十八世紀一位法國作家普雷服神甫所著有名的戀愛小說。

為什麼我會報出這個價錢呢？我自己也無從知道，大概是為了那上面的題字吧。

「十五法郎。」拍賣估價人又叫了一遍。

「三十法郎。」第一次叫價的人喊道，口氣讓人覺得很藐視別人的加價。

這一下競爭就成為一場白熱化的爭奪了。

「三十五法郎！」於是我也絲毫不示弱。

「四十法郎。」

「五十法郎。」

「六十法郎。」

「一百法郎。」

我承認，倘若我只是想引人注目的話，我的目的已經完全達到了，因為在這樣不斷抬價的時候，全場已經變得鴉雀無聲，大家都靜靜地望著我，想看看這位非要得到這本書不可的先生究竟是何許人也。

這樣來看，大概是我最後一次叫價的口氣把我的那位競爭對手給鎮住了。於是，他寧願放棄這場角逐，然而這場競爭卻也使我花了整整十倍的價錢才買下這本書。他欠了欠身，儘管做得晚了些，但還是溫文爾雅地對我說：

「你贏了，先生。」

由於那時也沒有人再叫價了，於是書歸了我。

我擔心再有人突然執拗抬價，因為我的自尊心可能會讓我堅持應戰，而我囊中羞澀，因此我請他們先記下我的名字，把書留在一邊，隨後我就下了樓。我猜想那些目睹這個場面的人一定大費思索，他們一定會暗自納悶，這個人出於什麼目的一定要花費一百法郎來買一本至多也就不過十到十五法郎的書，而且這本書隨處都可以買到。

一小時以後，我派人去把我拍下的那本書取了回來。

扉頁上是贈書人用羽筆寫下的題詞，字跡挺秀。

題詞只有簡單的幾個字：

芒努對瑪格麗特

丟人現眼

下面的署名：奧爾馬‧狄沃爾。

「丟人現眼」這四個字在這裡是什麼意思呢？

在奧爾馬・狄沃爾先生看來，芒努是不是承認無論是在放蕩的生活方面，還是在情感方面，瑪格麗特都要比她略勝一籌呢？也許後一種解釋更貼切一些，因為第一種解釋實在是直率得無禮，無論瑪格麗特如何自慚形穢，也無法接受。

我又出門辦事去了，一直到晚上臨睡時，我才開始認真地看這本書。

顯然，《芒努・萊斯科》是一個十分動人的故事。雖然我熟悉書中的每一個情節，然而不論什麼時候，每當重讀這本書，我對這本書的深切感情都讓我手不釋卷。我翻開書，普雷服神甫筆下的女主人公彷彿又重新和我生活在一起。這位女主人公形象描繪得是那麼的活靈活現，呼之欲出，彷彿我真的曾與她相識。眼下，將她和瑪格麗特作對比，使這本書增添了始料未及的魅力。出於對這個可憐女子的憐憫，甚至可以說是喜愛吧，我越加的寬容她了。這本書正是我從她那裡得到的遺物。芒努確實是死在荒漠裡，但她是死在對她鶼鰈情深的情人懷抱裡的。芒努去世之後，她的情人親手為她挖了一個墓穴，灑落在她身上的是癡情的熱淚，他自己的心也一起埋葬在了墓穴中。而瑪格麗特呢，她和芒努一樣是個有罪的人，也有可能像芒努一樣皈依了宗教。但是我不得不相信我的親眼所見，她是死在奢華富麗的環境裡的。她就死在她往昔的床鋪上，也僵臥在這個心靈的荒漠中，而且這個荒漠，比埋葬芒努那個更廣袤、更荒涼、更乾燥、更無情。

我從幾個瞭解她生前情況的朋友那裡得知了一些消息，瑪格麗特在她彌留之際那無比痛苦而漫長的兩個月裡，沒有誰到她床邊給過她一點真正的安慰。

隨後，我的思緒從芒努和瑪格麗特轉移到我認識的其他那些女人身上，我看到她們一邊唱著歌，一邊走向那幾乎亙古不變的歸宿。

可憐的女人啊！如果愛上她們是一種過錯的話，那麼至少也應該憐憫她們。你們同情從未見過陽光的盲人，同情聽不到大自然美妙聲音的聾子，同情不能用言語來表達自己心靈之聲的啞巴。但是在那種假惺惺的所謂廉恥的托詞之下，你們卻不肯寬恕這樣的心靈失明的瞎子，靈魂重聽和良心啞巴。這些殘疾，使得病痛中的不幸女人發瘋發狂，使她們無限悲涼地感受不到善良的存在，聽不到上帝的聲音，更無法表達對愛情和信仰的信徒般純潔的嚮往。

雨果塑造了瑪麗永・德洛爾姆，繆塞刻畫了貝納蕾特，大仲馬創造了費爾南德工[11]：歷代的思想家和偉大的詩人都把仁慈的同情獻給了煙花女子。有時候一位偉人會挺身而出，用他的愛情，甚至於用他的名聲，讓她們恢復名譽。我之所以要反覆強調這一點，

11. 雨果、繆塞、大仲馬都是十九世紀時法國的著名作家，瑪麗永・德洛爾姆、貝納蕾特、費爾南德工為他們代表作中的主人公，她們都是妓女。

是因為在以後讀我這本小說的讀者中，或許有很多人根本不準備把這本書讀完。他們擔心這本書的內容是在為邪惡和賣淫辯護，而且作者寫作這本書的年齡，更容易讓人們產生這種疑慮。希望有這種想法的人能夠改變初衷，如果他們僅僅是被這樣的擔心所阻攔的話，那麼但願他們能夠放心地繼續讀下去。

說老實話，我只信奉如下原則，對於沒有受到過良好品行陶冶的女子，上帝總是向她們敞開兩條通向善良的道路：一條是痛苦，另外一條是愛情。這兩條路都要歷經艱苦的跋涉。踏上其中任何一條的女子，往往都是雙腳鮮血淋漓，雙手傷痕累累，但同時，她們也把華麗的惡行敗德的飾物，罪惡般地留在了路旁的荊棘上，赤條條地抵達了路的盡頭。赤身裸體地站在天主面前，絲毫不用面紅耳赤。

只要是和這些大膽跋涉的女子邂逅的人，都應該支持她們，並且不妨毫不隱諱地說，他們曾經接觸過這些女子。因為把這件事公諸於眾，實際上也就像指明了道路。

很顯然，我們不能天真地在人生道路的入口處豎立兩塊牌子：一塊是提示，寫著「善之路」，另一塊是警告，寫著「惡之路」。當然也不能向那些來到入口的人說：「選擇吧！」而必須得像基督一樣，向人們指出道路，指引那些迷失方向的人從「惡之路」找到通向「善之路」的路徑，尤其不能讓這些路徑的開端顯得太險峻，而讓人望而卻步。

基督教中關於浪子回頭的精彩寓言有很多，其宗旨就是告訴我們要寬大為懷、仁慈厚道。耶穌對那些飽受情欲之害的人充滿了愛與寬容，他致力於醫治他們的傷口，同時從傷口本身擠出治癒創傷的香膏。因此，他對瑪格麗特說：「你將會得到寬恕，因為你的愛多。[12]」崇高的寬恕，顯然能夠喚起崇高的信仰。

為什麼我們要比基督更加嚴厲呢？這個世界之所以表現得那麼殘酷，就是為了讓人相信它的強大，我們也就執著地接受了它的見解。為什麼我們要像它一樣拋棄帶著傷口並且流血的靈魂呢？從這些傷口裡，像其他的病人流出汙血一樣，也流溢出了他們過去的罪惡。這些靈魂一直期盼著能有一雙友好溫暖的手來包紮他們的傷口，治癒他們靈魂的創傷。

我這是在向和我同時代的人進言，向感到伏爾泰先生的理論已經過時的人進言，向和我一樣懂得十五年來人類正在突飛猛進的人進言。關於善與惡的常識已經徹底被人們掌握。信仰又重新確立起來，我們開始重新尊敬神聖事物。儘管說世界還不那麼的十全十美，至少可以說它和以前相比變得更好了。凡是明智的人都同心協力，一切偉大的意

12. 典出《聖經・路迦福音》第七章，第四十四節至四十八節。

志都歸一於同一個原則：我們要心存善良，要朝氣蓬勃，要真心實意。邪惡只是一種空虛抽象的東西，我們要對行善舉感到驕傲，尤其重要的是，我們千萬不能感到絕望。不能蔑視那些不是母親，不是女兒，也不是妻子的女子。不能減少對家庭的尊重，對自私的寬宥。既然相比於一百個一生都沒有犯過罪遵守教義的人，上帝更青睞一個懺悔的罪人，那麼就讓我們竭盡全力地討上天的歡喜吧，上天會給我們超額的回報的。在我們前進的道路上，向那些被人間欲望所斷送的人給予我們的寬恕吧，也許神聖的希望可以使他們獲得拯救，就像那些善良的老婦人說服人接受她們的治療時所說的那樣：即使效果不明顯，也不會產生什麼壞處。

誠然，要想從我鑽研的小題目中得出什麼重大的結論，或許有些太狂妄了。可是，我就屬於這樣一種人：相信一切寓於微末之中。孩子雖然年幼，卻蘊藏著成人；腦袋雖然狹小，卻包藏著無限的思想；眼睛不過才一個圓點，卻可以一覽無餘廣闊的天空。

chapter 4 物歸原主

兩天以後，拍賣全部結束，一共拍得十五萬法郎。債主們差不多拿走了三分之二，餘下的三分之一由家屬繼承，她的家屬只有一個姐姐和一個小外甥[13]。

當代理人告訴她的姐姐她可以繼承妹妹的五萬法郎時，這位姐姐剎那間目瞪口呆。她已經有六七年沒有和她的妹妹見面了，自從她妹妹銷聲匿跡以後，無論是誰，自然也包括她，對她妹妹的情況都一無所知。

於是她急急忙忙地趕到了巴黎，當那些認識瑪格麗特的人看到這個唯一的繼承人的時候都驚愕不已，因為她居然是個豐腴而漂亮的鄉下女人，並且至今還從來沒有離開

13. 原文為Petit-neveu，本義為外甥的孫子或侄孫，但是與瑪格麗特的年齡矛盾，因此此處訛譯為小外甥。

過她的村子。

她一下子變得十分有錢，但是她竟然不知道這筆意外之財來自哪裡。後來有人告訴我，她回到村子以後，為妹妹的去世感到萬分悲痛，最後她把這筆錢以四厘五的利息存了起來，從而補償了她的些許悲痛。

在巴黎，各種小道消息都會不脛而走，這些事情曾經被人們口口相傳，但也隨著時間的流逝開始慢慢地被人們淡忘了。要不是突然發生的一件事，讓我瞭解了瑪格麗特的身世，我幾乎已經忘記自己也曾經歷過這些事情。通過這件事，我瞭解了一些十分動人的細節，讓我不由自主地想寫出這個故事。下面就聽我娓娓道來吧。

賣掉傢俱之後，那間空房子就又要被出租了，三四天後的一個上午，有人來拉我家門鈴拜訪我。

我那看門人，也是我的兼職僕人，打開門後給我帶回來一張名片，說有人要見我。我看了一下名片，上面寫著：

我仔細在頭腦中搜索著這個名字，忽然回想起了《芒努・萊斯科》那本書的扉頁上的題詞。

贈給瑪格麗特這本書的人，為何來找我呢？我立即吩咐將來客請進屋。

於是我看到一個年輕人，頭髮金黃，身材高大，面色蒼白，一身旅行裝束，好像已經穿了幾天的樣子，甚至到了巴黎也沒有費心換洗一下，因此衣服上面佈滿了灰塵。

狄沃爾先生似乎非常激動，也對他的情緒絲毫不加掩飾。他滿含淚水，聲音顫抖地對我說：「先生，請原諒我如此冒昧，衣衫不整地前來拜訪您，然而年輕人之間用不著太拘束，況且我急著今天就見到您，甚至來不及在旅館休息一會，雖然我已經把行李送去了。儘管現在時間還早，但我還是擔心見不到您，便早早地趕來了。」

我請狄沃爾先生坐在爐火邊，他一邊坐下，一邊從口袋裡掏出了一塊手帕，捂了一會兒臉。

「您大概正納悶，」他傷心地歎了一口氣說，「一個素不相識的人在這種時候衣冠不整哭成這般模樣來拜訪您，想請您做什麼？先生，老實說，我是來請您幫一個忙的。」

「請說吧，先生，我會盡力而為的。」

「您參加瑪格麗特・戈迪爾家裡的物品拍賣了嗎？」

這個年輕人本來已經暫時克制住了激動的情緒，但在說完這句話之後，又控制不住，不得不用雙手把眼睛捂住。

「你恐怕會覺得我很可笑，」他又說，「請再一次原諒我這副冒失的模樣，這種情況下您能那麼耐心地聽我說話，我非常感激。」

「先生，」我回答說，「如果我能夠為您效勞，稍許減輕您的痛苦，那麼請快點告訴我，我能為您做些什麼，您會感覺到其實我是很樂意幫助你的。」

狄沃爾先生的痛苦確實令人同情，我不由自主地希望他能高興起來。

這時他又對我說：

「在拍賣瑪格麗特的物品時，您肯定也買了一件吧？」

「是的，先生，買了一本書。」

「是《芒努・萊斯科》嗎？」

「正是！」

「這本書現在還在您手裡嗎？」

「在我的臥室裡。」

奧爾馬・狄沃爾聽到這句話之後，如釋重負，立刻向我致謝，好像這本書保留在我這裡，就已經幫了他一個大忙似的。

於是我起身走到臥室，把書取來，交給了他。

「正是這本書，」他看著扉頁上的題詞，翻閱著說：「正是這本書。」剛說完，兩大顆淚珠灑落在書頁上。

「那麼，先生，」他抬起頭朝我說，根本無意掩飾他曾經哭過，而且彷彿又要哭出聲了，「您很重視這本書嗎？」

「先生，為什麼要這樣問？」

「因為我這次來拜訪您，就是想拜託您把這本書讓給我。」

「請原諒我的好奇心，可以問您一個問題嗎，」這時我說，「是您把這本書贈送給瑪格麗特・戈迪爾的嗎？」

「就是我。」

「那麼好的，先生，這本書歸您了，我很高興這本書能物歸原主。」

「但是，」狄沃爾先生尷尬地說，「至少我也得把您拍到這本書的錢還給您。」

「不用了，請允許我把它回贈給您吧。在這樣的拍賣中，一本書的價錢根本不值一提，這本書花了多少錢，我都記不起來了。」

「您花了一百法郎。」

「是啊，」我說，這次輪到我不好意思了，「您怎麼好像什麼都知道？」

「很簡單。我本來想及時趕到巴黎，參加瑪格麗特的拍賣，可我直到今天早上才到達。我無論如何要得到她的一件遺物，便去拍賣估價人那裡，請他允許我查閱售出物品的名單和買主的姓名。於是我知道了這本書是您買下的，就決定來拜訪，請求您割愛，儘管您當時出的價錢讓我擔心，您拍下這本書也是想要寄託某種紀念的。」

奧爾馬這樣說的時候，顯然有某種顧慮，他怕我和他一樣和瑪格麗特關係非同一般。

我趕忙讓他放心。

「我只和戈迪爾小姐有過一面之交，只是擦肩而過，」我對他說，「她的去世對於我，就像是自己樂意遇到的漂亮女子逝去的感受一樣。我也說不清為什麼想在那次拍賣中買下一件東西，恰巧有位先生也想買到這本書，固執地跟我抬價，似乎向我挑戰。我也是一時興起，想氣他才和他抬價的。所以，我再和您說一遍，先生，現在這本書歸您了，我再一次請求您接受它，是我心甘情願贈送給您的，您也不用像我從拍賣估價人那裡買到它一樣，再從我這裡買回去。而且我希望這本書能使我們之間的友誼長久，成為我們關係更密切的紐帶。」

「太好了，先生，」奧爾馬伸出手緊緊握住我說，「我接受，我會一輩子感謝您的。」

我非常想詢問奧爾馬有關瑪格麗特生前的事情，因為書上的題詞，年輕人的長途跋涉和他想得到這本書的強烈願望，都深深刺激了我的好奇心，但是我又擔心貿然地詢問會讓他覺得我拒絕他的錢就是為了窺探他的私事。

他好像也猜透了我的心思，因此對我說：

「您有看過這本書嗎？」

「從頭到尾都看過了。」

「您怎樣看我題的兩行字？」

「我明白在您眼中，接受您贈書的這位可憐女子肯定不同凡響，因此我不願意把您的題詞看做是尋常的恭維話。」

「您說得對，先生。這位女子是一位天使。您看，」他對我說，「念念這封信吧。」

他給我一張信紙，顯然這封信已經被讀過許多遍了。

我打開來，上面的內容是這樣的：

親愛的奧爾馬，我已經收到了您的信，您依然像以前一樣心地善良，因此我要感謝上帝。是的，我的朋友，我生病了，而且是不治之症。十分感謝您仍然像以前一樣給予我關心和照顧，這大大減輕了我的痛苦。我註定活不長了，沒有福氣再握一握您的手了。如果有什麼可以治癒我的病痛的話，那麼，這封信上的話就是一帖良藥。我將再也見不到您了，因為我已經行將就木，而您和我又相隔千里。可憐的朋友！您的瑪格麗特已經和往昔大不一樣，讓您看見她現在這副模樣，或許還不如再也不見面好。您問我能不能原諒您；噢！我由衷地原諒您，可憐的朋友，您對我的傷害只是證明了您對我的愛。我已臥床一個多月了，我非常重視您對我的尊敬，因此我每天寫我生平的日記，從我們分開的時候起，一直要寫到我再也無法握住筆為止。

如果您對我的關心是真心真意的，奧爾馬，您回來以後，請到朱麗・迪普拉那裡去。她會交給您這本日記。您會在日記裡弄清我們之間發生這些事情的來龍去脈，以及我的辯白。朱麗對我非常好，我們經常在一起談論您。您的來信寄到的時候，她正好在我旁邊，我們看信的時候一起流了淚。

假如我收不到您的回信，她負責在您回到法國時，把這些日記交給您。不用感謝我這樣做。我每天寫這些日記的時候都在重溫我一生中僅有的幸福時光，這使我感到莫大的欣慰。如果您在閱讀時看到對過去事情的辯解，那麼我則從中得以持續不斷的寬慰。

我很想把一些讓您永遠思念我的東西留給您，可是，我家裡全部的東西都被查封了，已經都不屬於我了。

您明白了嗎？我的朋友，我很快要辭世了，我的債主們派了人來看守，不准我拿走任何一件東西，我在臥室裡面都能夠聽到這個看守在客廳的腳步聲。即使我死不了，也是一無所有了。但願他們要等到我壽終正寢以後再拍賣。

唉！人是多麼冷酷無情啊！或是我搞錯了，不如說天主是鐵面無私，不屈不撓的。

好吧，親愛的，您一定要來參加我的財產拍賣會，這樣您就可以買下某件東西，因為我要是給您留下一件哪怕微不足道的東西，被人給知道了，他們就可能控告您侵吞了查封財產。

我即將離開的人世滿目蒼涼啊！

如果天主能讓我死前再見您一面，他該多善良啊！我的朋友，目前看來，我們十之八九是要永別了。請原諒我再也寫不下去了，那些說能夠治好我的大夫總是抽我的血，使我精疲力竭，我的手沒有力氣再寫下去了。

瑪格麗特・戈迪爾

確實，最後幾個字幾乎勉強才能辨認得出。

我將信還給了奧爾馬。就像我看到信上所寫的那樣，剛剛他無疑又在心底默默複誦了一遍信的內容，因為他一邊收回了信，一邊跟我說：

「有誰能相信這封信是出自一個受人供養的女子之手呢！」對友人的懷戀一下子勾起了他的往日情思，他凝視了一陣兒信上的字跡，最後把信捧到唇邊親吻。

「當我想到，」他接著說，「在她彌留之際，我都無法再見她一面，而且永遠也見不到她了，又想到她待我比親姐妹還要好，我就怎麼也無法原諒自己讓她就這樣死去。

「她死了！她死了！她在臨死前還想著我，還在給我寫信，念著我的名字，可憐的、親愛的瑪格麗特！」

奧爾馬禁不住喃喃自語，涕淚縱橫，一面把手伸給我，一面繼續說：

「如果其他人看到我為這樣一個女子的辭世而如此悲痛欲絕，他可能會覺得我很幼稚。那是因為他們不知道我曾經怎樣讓這個女子忍受相思之苦，那時候我是如此狠心，她又是多麼善良、多麼逆來順受啊！我原本以為是我在原諒她。今天，我覺得我根本不配接受她給予我的寬恕。啊！如果能在她腳邊哭上一個小時，我情願少活十年。」

不瞭解別人痛苦的原因卻要去安慰他，是很困難的事情。可是，我對這個年輕人產生了十分強烈的同情心，他和我那麼坦誠相見，向我傾吐心中的痛苦，因此我相信，他對我的話也不會無動於衷。所以我對他說：

「您有親戚朋友嗎？要是有的話，要常去看看他們，他們能夠給您安慰，至於我只能同情您的遭遇。」

「對啊，」他站起身來，在我的房間裡大步地來回走著，「請原諒我給您添麻煩了，我沒有考慮到您和我的痛苦並不相干，再說，您對這件事也根本不感興趣。」

「您誤會我了，我很願意為您分憂，只不過我能力有限，無法安撫您的悲傷。如果我和我的朋友們的社交圈子，能夠幫您排解憂愁，無論在哪方面，如果您需要我的話，我非常樂意鼎力相助。」

「請原諒，請原諒，」他對我說，「痛苦讓人情不自禁。請讓我再待上幾分鐘，好有時間擦去眼淚，免得路上行人看到這個小夥子哭鼻子抹眼淚，覺得很奇怪。您剛剛把這本書送給我，已經讓我滿心喜悅了，我永遠無法報答您的情意。」

「那麼就請把我當做您的朋友吧，」我對奧爾馬說，「說出您悲傷的理由，講出您心裡的痛苦，也能夠聊以自慰。」

「您說得對，但是今天我只想痛哭一場。我今天和您說話，可能會前言不搭後語。

改天我會把整個故事都說給您聽，然後您就會明白，我為何十分懷念這個可憐的女子。可是現在，」他最後一次擦掉眼淚，同時照了照鏡子，補充說，「希望您不要把我當成一個傻瓜，我希望您能允許我再來拜訪您。」

這個年輕人的目光和藹善良，我幾乎想擁抱他。

而他，又開始熱淚盈眶，他看到我已經察覺，便移開了目光。

「好吧，」我對他說，「要鼓起勇氣！」

「再見。」他對我說。

他千方百計地忍住淚水，急匆匆地走了出去，簡直是逃出我家的。

我撩開窗簾，看到他登上了等候在我家門口的雙輪輕便馬車。一上馬車，他就又開始熱淚滔滔了，只得用手帕掩住了臉。

chapter 5

鋪滿鮮花的墓地

很長時間過去了，我沒聽人提起過奧爾馬；倒是常常有人提起瑪格麗特。

不知您有沒有注意到這樣的事情，一個看起來素不相識，或者無關緊要的人，一旦有人在您面前提起他的名字，跟這個人有關的種種傳聞便會慢慢地聚攏起來，很多您的朋友也會和您談起關於這個人的事，而他們以前從未提及過。於是您會發現，這個人曾經多次和您擦肩而過，多次出現在您的生活中，可是卻從未被您發現過。在您聽到別人告訴您的故事裡，您會發現某些和自己生活不謀而合的經歷，兩者有著千絲萬縷的聯繫。

我和瑪格麗特的情況，準確來說並非如此，因為我曾經見過她，邂逅過她，我還記得她的容貌和舉止，瞭解她的習慣。不過，自從那次拍賣會之後，我就時常能聽到她的名字。我在前一章節中提到過，這個名字牽扯了一件極其悲慘的往事，因此，我的驚訝越來越多，好奇心也越來越強烈。

事情發展到這樣的程度：雖然我以前從不跟朋友們談論瑪格麗特，但是如今我一碰到他們，就會問：

「您認識一個名叫瑪格麗特・戈迪爾的女子嗎？」

「是茶花女嗎？」

「是的。」

「十分熟悉！」

「十分熟悉。」他們說著這幾個字的時候，臉上還伴隨著某種令人捉摸不透的微笑。

「那麼，這個女子如何？」我繼續問。

「一個好女人。」

「僅此而已？」

「我的天！是啊，比別的女人更聰明，心腸也更善良。」

「您一點也不知道她有什麼別的特殊的身世嗎？」

「她曾讓G男爵傾家蕩產了。」

「就這一件事？」

「她還做過某位老公爵的情婦。」

「她當真做過他的情婦嗎？」

「大家都是這樣說的。不管怎樣，他曾經給她很多錢。」

說來說去就是那麼千篇一律。

然而，我非常渴望知道一些關於瑪格麗特和奧爾馬之間的事。

一天，我遇到了一個人，他和那些交際花過從甚密。因此我問他：

「您認識瑪格麗特・戈迪爾嗎？」

回答又是「十分熟悉」。

「這個女人如何？」

「是一個美麗而善良的好女人。她去世了，我很傷心。」

「她是不是有過一個名叫奧爾馬・狄沃爾的情人？」

「一個金黃頭髮的高個兒嗎？」

「是的。」

「有這麼一個人。」

「這個奧爾馬是個什麼樣的人呢？」

「一個普通小夥子，我相信他把自己屈指可數的一點兒錢同她一起揮霍光了，後來不得已離開了她。聽說他差不多要發瘋了。」

「那麼瑪格麗特呢？」

「她也對他一往情深，每個人都這麼說。不過就和其他交際花的愛情故事一樣，付出的也不多。」

「奧爾馬後來怎麼樣了？」

「無可奉告。我們和他也只是泛泛之交。當時他和瑪格麗特一起在鄉下生活了大約五六個月，她回到巴黎時，他就遠走高飛了。」

「以後您就一直沒有見過他嗎？」

「再也沒有。」

而我也再沒有見過奧爾馬。我甚至猜測，他來我家，是不是由於他剛知道了瑪格麗特去世不久，於是回想起以前的舊情，悲傷之情格外強烈。也許他已經把再來看我的諾言，隨同去世的女子一起拋到腦後了。

放在別人身上，這種猜測大概很符合實情，但是，奧爾馬萬分痛苦，語氣真誠，於是我從一個極端走向另一個極端，我猜他一定是哀慟成疾，我得不到他的消息，是因為他病倒了，甚至可能已經一命嗚呼了。

我不由得關心起這個年輕人，這種關心或許摻雜著某種自私的成分。也許因為在他痛苦的表面下，我隱約猜到一個纏綿悱惻的愛情故事。總之，可能由於我極度渴望知道這個故事，所以才對奧爾馬的杳無音信而感到極度焦慮。

由於奧爾馬先生沒有再來找我，我就決定去他家。要找一個藉口去拜訪他並不難，可是我不知道他的住址，我到處打聽，但是沒有人能夠告訴我。

我來到安泰街打聽消息，也許瑪格麗特的門房知道奧爾馬的住址。但是這裡的門房已經換了，他跟我一樣說不上來。於是我打聽戈迪爾小姐葬在什麼地方，原來是在蒙馬特爾公墓。

已經快到四月了，風和日麗，陽光明媚，墓園不像冬天那樣淒慘悲涼。總之，天氣已經十分暖和。活著的人因此想起了去世的人，於是來到他們的墳前掃墓。我在去墓園的路上心裡想，只要查看一下瑪格麗特的墓地，就可以知道奧爾馬是不是還在傷心，說不定還會知道他如今究竟怎麼樣了。

我走進公墓看守人的房間，我問他：「在二月二十二日那天中午，是不是有一個名叫瑪格麗特・戈迪爾的女子，葬在這裡？」

這個人翻出一本厚冊子，開始查找，在冊子上按號碼順序登記著所有葬在這裡的人。他回答說：「二月二十二日中午，的確有一個瑪格麗特・戈迪爾葬在這裡。」

我請他叫人帶我到她的墳墓去，因為在這個死人的世界，就和在活人的城市裡一樣，街道縱橫阡陌，如果沒有人指引，很難辨別方向。看門人叫來一個園丁，並做了一些吩咐，園丁立刻打斷他說：「我知道，我知道……」接著轉過身來繼續對我說，「噢，這個墳十分好認。」

「為什麼？」我問他。

「因為她墳上的花和別的墳上的完全不一樣。」

「這個墳是你特意關照的嗎？」

「是的，先生。是一位年輕人托我照看的，但願所有死者的家屬都和他一樣，這麼惦念著死去的人。」

轉了幾個彎之後，園丁站住了，對我說：

「我們到了。」

一片方形花叢出現在了我的眼前，要不是有一塊刻著名字的白色大理石墓碑的話，絕對不會有人認為這是一個墳墓。

這塊大理石筆直地立在那裡，一圈鐵柵欄把這塊墳地圍在中間，墳地上鋪滿了白色的茶花。

「您覺得如何？」園丁問我。

「漂亮極了。」

「只要有一朵茶花枯萎了，我就按吩咐換上剛開的新花。」

「那麼是誰吩咐您這麼做的呢？」

「一位年輕人，他第一次來的時候痛哭流涕，應該是死者的老相好，因為她看來好像不是個本分的女人。據說，她長得十分漂亮。先生和她很熟悉嗎？」

「是的。」

「您跟那位先生一樣吧。」園丁面帶狡黠地對我說。

「不，我和她只是擦身而過。」

「那您還到這兒來看她，您的心地真善良，因為幾乎沒有人來看這個可憐的女人。」

「這麼說，從來沒有人來看她嗎？」

「除了那位年輕先生來過一次之外，就沒有其他人來了。」

「他只來過一次嗎？」

「是的，先生。」

「後來他再也沒有來過嗎？」

「沒有，但是，他從外地回來之後也許會再來的。」

「這麼說，他出遠門了？」

「是的。」

「您知道他去哪兒了嗎？」

「我想他應該是到戈迪爾小姐的姐姐那兒去了。」

「他為何到那裡去？」

「他去請求她允許把她葬到其他的地方。」

「怎麼不葬在這裡了呢？」

「您知道，先生，人們對死者都有各種不同的看法。這種情況，我們這兒的人每天都能看到。這塊墳地只被租下五年，而這個年輕人希望買下一塊永久性、面積更大一些的墳地，最好是在新區。」

「新區指的哪裡？」

「就是眼下正在規劃出售的新墳地，靠左邊的地方。如果這個公墓以前能夠像現在這樣管理，那麼很可能是世界上無與倫比的了，然而要做到盡善盡美，那還差得遠呢。再說人又是那麼可笑。」

「您這話是從何說起呢？」

「我的意思是，有些人到了這種地方還要耍神氣。比如說這位戈迪爾小姐吧，她生前的生活儘管有點放蕩，請原諒我這樣說。但眼下，這個可憐的小姐已經去世了，沒有什麼好讓人奚落了，更何況像她一樣被情人供養的女人有得是。但是，葬在她旁邊的那些死者的家屬，知道了她是怎樣一個女人以後，便說，他們反對把她葬在這兒，認為應當給這種女人開闢出專門的墳地，就像對窮人做的那樣，真虧他們想得出，誰見過這種事？當時就是我，把他們駁得啞口無言。有些光靠食利就可以一輩子享福的闊佬，他們一年之中來哀悼他們故去的親人還不到四次呢，看看這些人帶的都是些什麼花吧！他們考慮為死者維修墳墓，說是要哀悼死去的親人。他們在親人的墓碑上寫得那麼悲痛萬分，卻從未流過一滴真正的眼淚，還要來找旁邊死人的麻煩。

「不管您相不相信，先生，我並不認識這位小姐，也不瞭解她做過什麼事，可是我喜歡她，這個可憐的女人，我關心她。我給她送來的茶花，價格最公道，我偏愛這個死去的女子。先生，我們這些人沒有辦法，只能喜歡逝去的人，因為我們忙得團團轉，幾乎沒有時間去喜歡別的東西。」

我端詳著這個人，不消解釋讀者就能明白，我在聽他說話的時候，心潮起伏。

片刻，他也覺察了，因為他繼續說：

「據說為了這個女子有些人可以傾家蕩產，還說有很多迷戀她的情人拜倒在她的石榴裙下。因此，當我看到居然沒有一個人願意為她買一朵花的時候，便覺得事情很蹊蹺，又深感悲哀。不過，她也沒有什麼可抱怨的，因為她總算還有屬於自己的墓地。即使只有一個人懷念她，那他所做的足以替代其他所有人了。可是我們這裡還有一些和她身世相同、年齡相仿的可憐女子，她們被扔在公共墓地後就無人問津了。當我看到她們可憐的屍體落在墳墓裡的時候，感覺撕心裂肺一般。一旦她們死去，便再也沒人照顧她們了。只要還有一點良心的話，做我們這一行便不會感覺愉快。可是有什麼辦法呢，我們也是無能為力啊。我自己有一個二十歲的女兒，漂亮大方，每當送來一個和她年紀相仿的女屍時，我就會想起她。不管是一個貴婦人，還是一個流浪女，我都會禁不住感慨。

「我這樣嘮嘮叨叨的，您都聽煩了吧，況且您也不是來聽這些故事的。看門人讓我帶您到戈迪爾小姐的墳墓，已經到了，請問，您還有什麼需要我做的嗎？」

「您知不知道奧爾馬・狄沃爾先生現在的住址？」我問這個園丁。

「知道。他就住在……街，我買這些茶花的錢都是到他那裡去拿的。」

「太謝謝了，我的朋友。」

我最後瞧了一眼這個鋪滿鮮花的墳墓，不由自主地產生了一個奇怪的念頭，想看看這個墳墓的底部，看看泥土把這個漂亮女子變成了什麼樣子。我悶悶不樂地離開了。

「先生是想去拜訪狄沃爾先生嗎？」走在我身旁的園丁問道。

「是。」

「他一定還沒回來，不然他早到這來了。」

「這麼說，您確信他還沒有忘記瑪格麗特嗎？」

「我不但確定還可以擔保，他想遷葬正是為了想再見到她。」

「這是什麼意思？」

「他第一次到墓地時對我講的第一句話就是：『有什麼辦法能夠再看見她呢？』這樣的事只有遷葬才能做到。我把遷葬需履行的所有手續全都告訴了他，因為要遷葬，必須先驗明屍身，而這必須得到家屬的允許，同時還要由員警分局長來主持。為了得到家屬同意，狄沃爾先生才去拜訪戈迪爾小姐的姐姐。不消說，他一回來後肯定首先到我們這兒的。」

我們一起走到了墓園門口，我再次謝過園丁，並且塞給他一點小費，然後連忙向他給我的那個地址走去。

奧爾馬的確還沒回來。我留了張字條在他家裡，請他一回來就去看我，或者派人通知我可以找到他的地方。

第二天上午，我便收到狄沃爾先生的一封信，他通知我他已經回來，請我到他家裡去，還說他由於精疲力竭而無法外出。

chapter 6

親眼目睹

當我見到奧爾馬時，他正躺在床上。一看見我，就向我伸出發燙的手。

「您在發燒。」我關切地對他說。

「沒事，我只是因為一路來去匆匆，太疲勞了。」

「您去見過瑪格麗特的姐姐，對嗎？」

「是的，您為什麼會知道？」

「我知道就是了，您想辦的事談成功了嗎？」

「談成了，可是，您是怎麼知道我出門的目的呢？」

「墓地的園丁。」

「您見到她的墳墓了嗎？」

我幾乎不敢回答，他說這句話的聲調表明他仍然心潮難平，就和上次我看到的一樣。每當別人的談話觸及到這個讓他傷心的話題時，他那激動的情緒就會再次不由自主地流露出來。

於是，我只能用點頭來回答，表示我去過那裡。

「墳墓照料得好嗎？」奧爾馬繼續問。

兩顆大淚珠沿著病人的腮邊滾落下來，他轉過臉去避開我，竭力想掩飾眼淚。我假裝沒有看見，找了一個其他的話題來談。

「您出門已經有二十多天了吧？」我問他。

奧爾馬用手擦擦眼淚，回答我說：

「剛好三個星期。」

「這次路途很遙遠吧。」

「噢！我並沒有一直在趕路，我病了差不多半個月，否則早就趕回來了。我一到那裡就發燒了，不得不待在房間裡。」

「您病還沒有痊癒，就趕回來了？」

「要是我在那個地方再多待一個星期，說不定我就在那兒送命了。」

「但是，既然如今您已經回來了，那就應該好好地養護身體，您的朋友們會來看望您的。而我，如果您同意的話，我就是第一個來看望您的朋友。」

「再過兩小時，我就要起來了。」

「您那樣太魯莽了！」

「我非要出去不可。」

「您有什麼火燒眉毛的事非做不可嗎？」

「我必須要到員警分局長那裡去一趟。」

「為什麼您不拜託別人去處理這件事呢？您這一去會使您的病情加重的。」

「只有處理好了這件事，我的病才會好起來。我一定要見她一面。自從知道她辭世以後，尤其是看過她的墳墓以後，我每天都夜不成寐。我無法想像，在我們分手的時候她還那麼年輕，那麼漂亮，可現在她居然已經離開人世了。我一定得親眼目睹才相信。我一定要看看上帝到底把我心愛的人變成了什麼模樣，也許到時令人生厭的景象會治癒我悲痛欲絕的心情。您會陪我一起去的，是嗎？如果您不討厭這件事的話。」

「她的姐姐對您說了些什麼？」

「什麼都沒有說。她只是聽到有一個外人想給瑪格麗特買下一塊墳地，感到非常驚訝。她馬上同意了我的要求，在委託書上簽了字。」

「聽我的話，等您痊癒之後再去辦這件事情吧。」

「噢！您放心吧，我能挺得住的。而且，如果我不趁現在主意已定的時候，儘快把這件事辦完，那麼我會發狂的。只有了結了這個心願，才能平息我心中的悲痛。我向您保證，只有見到了瑪格麗特，我的心情才能平靜下來。這也許是發燒時的胡言亂語，失眠時的幻想、譫妄的反應。哪怕我要像德・朗塞[14]先生那樣，成為一個誠心的苦修士，那也要等到看過她以後再……」

「我明白，」我誠懇地對奧爾馬說，「我願為您效勞，您見過朱麗・迪普拉了嗎？」

「見過了，就在我上次回來的那一天見到的。」

「她把瑪格麗特留在她那裡特意寫給您的日記交給您了嗎？」

「在這裡。」

奧爾馬從枕頭下面掏出一卷紙，但立刻又放了回去。

「這些日記裡記載的內容，我都熟記在心了，」他對我說。「從拿到日記的三個星期

14. 十七世紀時一位著名的苦修者，他年輕時生活浪蕩，在其情婦死後，篤信宗教，進行苦修。

以來，我每天都把上面的內容看上十幾遍。你以後也會看到的，但是需要再等一等，等我平靜下來，能夠向您解釋這份日記所流露的內心情感和對愛情的渴望的時候再看吧。

「眼下我要請您幫我辦一件事。」

「什麼事？」我問。

「您的馬車停在下面吧？」

「是啊。」

「那麼，能不能請您帶上我的護照，到郵局的留局自取窗口問一下，看看有沒有寄給我的信件？我父親和妹妹給我的信大概已經寄到巴黎了。上次我離開得太匆忙，走之前沒來得及去看一下。等您回來之後，我們再一起到員警分局長那裡申請遷葬。」

奧爾馬把他的護照交給我，於是我便前往讓—雅克—盧梭街。

那裡有兩封寫給狄沃爾先生的信，於是我領了回來。

我再次來到他家的時候，他已經穿好了衣服，準備要出門了。

「太謝謝您了。」他接過信對我說。「沒錯，」他看了看信封上寄信人的地址後又說，「正是我的父親和妹妹寄來的。他們一定不知道我為什麼杳無音信。」

他拆開信，幾乎沒怎麼看，或者說只是匆匆流覽了一遍，因為每一封都有四頁，而他眨眼的工夫又把兩封信折好了。

「我們走吧，」他對我說，「我明天再寫回信。」

於是我們到了員警分局長那裡，奧爾馬將瑪格麗特姐姐的委託書交給了他。員警分局長看過委託書後，作為交換，給了他一張通知墓園看守的公文。大家說好第二天上午十點鐘遷葬，我提前一小時去接奧爾馬，之後再一起去墓園。

我對這次遷葬十分感興趣。老實說，那一夜我都沒有睡好。我的腦子裡各種思緒紛至遝來，依我的情況來看，這一夜對奧爾馬來說也是一個漫長夜。

第二天上午九點整，我去他家裡的時候，他的臉色蒼白得可怕，神態很安詳，他微笑著向我伸出了手。

桌上幾支蠟燭都已經燃盡了，出門之前，奧爾馬拿了一封寫給他父親和妹妹的厚厚的信，無疑他在信裡傾訴了最近這段時間的感受。

大約三十分鐘以後，我們到達蒙馬特公墓，員警分局長早已在那裡等候我們了。

大家緩慢地朝瑪格麗特的墳墓走去，員警分局長走在最前頭，奧爾馬和我緊隨其後。

我不時感到奧爾馬的手臂在顫抖，像是有一股寒流突然掠過他的全身一樣，於是我看了他一眼。他領會了，對我微笑了一下。從離開他家的那一秒開始，我們之間沒有一句交談。

奧爾馬的臉上佈滿汗珠，在快要到達墳墓之前，他停下來擦了擦汗。我也利用他停頓的機會喘了口氣，因為我的心也好像被老虎鉗緊緊地夾住了一樣緊張。

觀看這種場面，實在是苦中作樂。當我們來到墓前的時候，園丁已經把所有的花盆都挪開了，鐵柵欄也拆了下來，兩個人正在用鴨嘴鎬挖地。

奧爾馬這時靠在一棵樹上，緊張地凝望著，彷彿他的所有生命都集中在那雙眼睛裡似的。

突然，一把鴨嘴鎬「咣」的一聲觸到了石頭，發出刺耳的聲音。

聽到這個聲音，奧爾馬像遭到電擊般往後一縮，使勁握緊我的手，把我的手都握痛了。

一個掘墓工抓起一把巨大的鐵鏟，逐漸地清空墓穴裡的泥土。接著，他一塊塊地把壓在棺柩上的石塊往外扔。

我一直觀察著奧爾馬，每秒鐘都在擔心他努力克制著的情緒會把他壓垮。但是他始終兩眼發直、目光呆滯地看著，像發瘋了一樣，只有臉頰和嘴唇在輕微顫抖著，證明他正處於神經高度緊張的狀態中。

至於我呢，只想說一句話，我後悔不該來這裡。

等棺柩完全暴露出來以後，員警分局長對掘墓工說：

「打開！」

那些工人有條不紊地執行員警分局長的吩咐，彷彿這是世上最普通不過的事情一般。棺柩是橡木製的。他們開始把棺蓋上的螺絲釘擰下來，這些螺絲釘已經被地下的潮氣弄得生了鏽，好不容易才把棺蓋打開。一股惡臭撲面而來，儘管棺材四周種滿了芬芳的花朵。

「噢，我的天哪！天哪！」奧爾馬喃喃地說道，他的臉色變得更加蒼白。

連掘墓工也連連向後退去。

一塊巨大的白色屍布裹著屍體，從外面可以看到起伏不平的屍體輪廓。屍布的一端幾乎已經爛掉了，露出死者的一隻腳。

我幾乎要暈過去，就在我寫下這些字的時候，回憶起當時的一幕幕，我仍舊神經緊張，覺得氣氛凝重肅穆。

「我們趕快吧。」員警分局長說。

於是兩個工人中的一個伸出手去拆屍布。他抓住屍布的一端用力掀開，突然將瑪格麗特的臉現了出來。

這個場面實在太不堪入目了，敘述起來也讓人不寒而慄。

一雙眼睛只剩下兩個窟窿，嘴唇都爛掉了，皓齒緊緊地咬著。黑色的頭髮已經乾枯了，貼在雙鬢上，稀稀疏疏地遮蓋著深深凹陷下去的青灰色面頰。然而，我還是能從這張臉上依稀辨認出我曾見過的那張興高采烈、白裡透紅的面孔。

奧爾馬目不轉睛地死死盯著這張臉，把掏出來的手帕放在嘴裡緊咬著。

至於我，感覺彷彿有一隻鐵環緊箍在頭上，眼前彷彿罩著一層面紗模糊一片，耳朵裡嗡嗡作響，我連忙打開隨身攜帶的，以備不時之需的嗅鹽瓶，用力地嗅著。

正當我目眩頭暈的時候，聽到員警分局長和狄沃爾先生的對話：

「您認清楚了嗎？」

「認清楚了。」年輕人的聲音輕輕回答道。「那就把棺材蓋上搬走。」員警分局長命令道。

掘墓工把屍布扔回死者臉上，合上棺蓋，一人一頭將棺材抬起，向被指示的地方走去。

奧爾馬一動不動，雙眼死死盯著那個空墓穴，就像我們剛才見到的屍體一樣臉色慘白……他簡直像化成了一塊石頭。

我明白經歷過這種場面後，一直壓抑他的悲痛沒有了支撐的力量，隨之而來就會出現這種情況。

我走近員警分局長。

我指著奧爾馬問他：「這位先生還有必要留在這裡嗎？」

「不必了，」他對我說，「而且您最好把他帶走，他好像生病了。」

「走吧。」於是我挽起奧爾馬的胳膊，對他說。

「什麼？」他望著我，彷彿不認識我一般。

「事情結束了，」我說，「您眼下該走了，我的朋友，您臉色慘白，渾身冰冷，您再這樣激動會送命的。」

「您說得對，我們走吧。」他機械地回答，但是一步也沒有邁出。

於是我只好抓住他的胳膊，拉著他往前走。他像孩子一樣老實地跟在我身後，嘴裡時不時地嘀咕著：

「您看見她那雙眼睛了嗎？」

說著他又轉過身去看，好像被某個幻覺召喚著。

他步履踉蹌，彷彿是在震顫的推動之下朝前走一樣。牙齒格格作響，雙手冰涼，身體神經質地劇烈顫動著。

我和他說話，他卻一聲不吭。他唯一所能做的就是跟著我走。

我們在墓地門口剛好找到一輛車。

他剛在馬車裡坐好，便開始顫抖，愈來愈厲害，這是一次真正的歇斯底里發作，他大概是擔心嚇著我，於是緊緊地握著我的手，低聲地說：

「沒什麼，沒什麼，我只是想哭。」

我能夠聽到他胸脯的起伏聲，血液湧上他的雙眼，卻欲哭無淚。

於是我便讓他聞了聞我剛才用過的嗅鹽瓶。我們到他家裡的時候，他仍舊在不停地顫抖。

在僕人的幫助下，我把他扶到床上讓他睡下。我讓僕人在他的臥室裡升起熊熊的爐火，然後趕緊去找我的醫生，把剛剛的情況告訴了他。

醫生馬上趕來了。

奧爾馬臉頰緋紅，神志混亂，結結巴巴地咕噥著一些譫語，其中只有「瑪格麗特」這四個字能夠聽清。

醫生檢查過奧爾馬的病情以後，我問道：「他怎麼樣了？」

「是這樣的，他得了腦膜炎，算他幸運，不是什麼其他的病。上帝饒恕我，我還以為他瘋了呢，幸好身體上的疾病壓倒了精神上的疾病。大約一個月左右，興許他兩種病都能痊癒了。」

chapter 7

非常簡單的故事

有些疾病倒也乾脆俐落，要麼一下子就置人於死地，要麼迅速就能痊癒，奧爾馬患的正是這種病。

這些事過了差不多兩星期之後，奧爾馬的身體已經完全康復，我們漸漸結為摯友。在他患病的時候，我一直在他身邊照料，不曾離開過。

春天到了，鮮花滿園、綠葉扶疏、百鳥群集，我朋友的窗戶朝向生機勃勃的花園敞開著，花園裡清新的氣息一陣陣地吹送進他的房間。

醫生已經允許他下床走動了。從正午十二點到下午兩點鐘，是全天太陽最暖和的時候，於是我們時常坐在敞開的窗子前聊天。

我一直都很小心不提及瑪格麗特，擔心一提起這個名字，會勾起他過去的傷心事；

但是相反，奧爾馬彷彿很願意提到她，他也不像過去那樣淚水盈眶，而總是面帶柔和的笑容，這笑容說明他心情不錯。

自從上次去公墓遷葬使他大病一場以後，他精神上的悲傷好像已經被疾病掩蓋了，對於瑪格麗特的去世，他的想法已經不同於從前了。確信無疑以後，他心中反而得到一種寬慰。為了驅走經常出現在他眼前的淒慘景象，他一直沉溺在以往幸福甜蜜的回憶中，追憶他和瑪格麗特在一起的情景，好像只願意回想起這些事情一樣。

高燒剛退，大病初癒的奧爾馬還極其虛弱，他的情緒還不能過於激動。大自然春意盎然的歡樂景象圍繞在奧爾馬周圍，這讓他不由自主地追憶過去那些令人快樂的場景。

他一直執拗地不肯把自己重病的事情告訴家裡，直到他死裡逃生，他父親還不知道。

一天黃昏，我們坐在窗前，比平常待得晚了一些。天氣好極了，西沉的太陽浸沒在蔚藍和金黃兩色交相輝映的光輝中。儘管我們身處巴黎，圍繞在我們周圍的一片蔥翠彷彿讓我們與世隔絕，只有偶爾傳來的車馬聲會干擾我們的談話。

「差不多就像這樣的季節，這樣的傍晚，我認識了瑪格麗特，」奧爾馬對我說，語氣深沉。他沉浸在自己的回憶中，並沒聽到我和他說話。

我一聲不吭。

於是，他轉過身對我說：

「我一定得把這個故事詳細地說給您聽，您完全可以把它寫成一本書，別人未必會信以為真，但是寫起來也許會興味盎然。」

「以後再說吧，我的朋友，」我對他說，「您的身體還沒有完全康復呢。」

「今天晚上很暖和，我也吃過雞脯肉了[15]，」他微笑著對我說，「我不發燒了，我們也無事可做，我把這個故事完完整整地講給您聽吧。」

「既然您非要講，那我就洗耳恭聽吧。」

「這是一個非常簡單的故事，」於是他補充道，「我按事情發生的先後順序說給您聽。如果您以後要把這個故事寫成一部作品的話，隨您用什麼別的方式寫出來。」

下面就是他給我講的故事，這個故事感人至深，我幾乎沒做什麼改動。

「是啊。」奧爾馬又說，將頭靠在椅背上。

是的，就是在這樣一個傍晚，我跟我的朋友嘉斯多・R去鄉下玩了一天。黃昏的時

15. 法國人習慣在大病初癒時以雞脯肉進補。

候，我們回到了巴黎，由於無所事事，我們便去了雜耍劇院看戲。一次幕間休息的時候，我們到走廊裡閒逛，看到一個身材高挑的女子走過，我的朋友便和她打了個招呼。

「您在和誰打招呼？」我問他。

「瑪格麗特・戈迪爾。」他回答說。

「她的模樣最近大有變化啊，我簡直都認不出來了。」我激動地說，待會兒您就知道我為什麼這樣激動了。

「她得了重病，可憐的女人大概活不長了。」

這些話，我仍舊記憶猶新，彷彿昨天聽到的一般。

我的朋友，您要知道，兩年以來，每次我遇到這個女子的時候，就會產生一種異樣的感覺。

我的臉不知不覺地變得蒼白，我的心怦怦地亂跳。我有一個朋友，十分關心秘術，他稱我的這種感覺為「流體的親和性」。我呢，則索性認為我命中註定要愛上瑪格麗特，而且我早已預感到了。

儘管她帶給我深刻的感受，我的幾個好朋友也親眼目睹，但是當他們瞭解我的這種感受的來由時，都哈哈大笑。

我是在交易所廣場絜斯商店的門口和她第一次邂逅的。一輛敞篷四輪馬車從遠處疾馳而來然後停下，從車上慢慢地走下來一位穿著白色衣服的女子。她一走進這個商店，就立刻引起一陣騷動和讚歎聲。而我，卻一直傻傻地站立在原地，看她走進去到她走出來。透過櫥窗，我看見她正在商店裡選購東西。本來我也可以進去的，可是我不敢。我並不知道這個女人是何許人也，但我擔心她猜測出我走進商店的原因會生氣。但是那個時候，我卻沒有料到自己後來會那麼迫切地想要再見到她。

她穿著典雅高貴，身著一條鑲滿邊飾的細布連衣裙，肩上披著一條印度紗麗，四角全是金絲和綢花；頭戴一頂義大利草帽；手上佩戴一隻獨特的手鏈，是當時才開始流行的一種粗金手鏈。

她登上敞篷四輪馬車離開了。

一個商店夥計站在商店門口，目送這位高雅漂亮的女顧客離開。我走到他身邊，向他詢問這位女子的名字。

「她是瑪格麗特・戈迪爾小姐。」他回答我。

我沒敢多問別的資訊就離開了。

我以前有過很多幻想，隨著時間的流逝也就淡忘了。然而這一次是真切的，因此這位女子的形象一直讓我念念不忘。我到處尋找著這位穿著白衣的絕色佳人。幾天之後，喜劇院舉行了一次盛大的演出，我去看了。我再次見到了瑪格麗特・戈迪爾，她就坐在舞台兩側包廂裡的第一個位置。

和我一起去的那位年輕朋友也認出了她，因為他指名道姓地跟我說：

「您看！這位漂亮的女子！」

正在這當兒，瑪格麗特拿著望遠鏡朝我們這邊看，她瞥見了我的朋友，就對他嫣然一笑，做手勢示意他過去。

「我過去跟她問個好，」他對我說，「一會兒就回來。」

我情不自禁地對他說：「您真幸運呀！」

「我有什麼幸運的？」

「因為您可以去見這個女子。」

「您難道愛上她了嗎？」

「不，」我漲紅了臉，因為我那時真的茫然不知所措了，「可是我很想認識她。」

「要不和我一起去吧，我介紹你們認識。」

「先要徵得人家的同意吧。」

「啊！當然，不過跟她用不著拘禮，來吧。」

這句話讓我感到很不好受，我擔心由此證實：瑪格麗特不配我對她的迷戀。在阿爾封斯・卡爾工[16]一本名為《煙霧[17]》的小說中有如下一段文字：一天晚上，一個男人尾隨著一個十分漂亮的女人。這個女人美若天仙，讓這個男人一見傾心。為了吻一吻這個女人的手，他覺得自己無論做什麼事情都充滿無所不能的力量，征服一切的意志和赴湯蹈火的勇氣。她擔心長裙被泥土弄髒，便撩高了裙子，露出兩條白皙迷人的小腿，他卻幾乎不敢看一眼。在他想著如何才能得到這個女人的時候，不料就在一個街角處，她卻攔住了他，問他願不願意上樓到她家裡去。

他回頭就走，穿過街道，垂頭喪氣地回去了。

我想起了書中的這段描寫。本來我是寧願為了這個女人而吃苦受累的，但卻擔心她太快接受我，害怕她匆匆地愛上我，我寧願經過長期的等待，經歷千辛萬苦得到她的愛情。我們這些男人，就信奉這樣的處世之道，假如我們的感官能在想像中被賦予詩意，

16. 十九世紀法國的一位新聞記者、作家。
17. 卡爾工的代表作之一《Am Rauchen》。

心靈的幻想就會勝過肉慾，那就是莫大的幸福了。

總之，要是有人對我說：「這個女人您今晚可以得到，但是明天您就會死於非命，」我也會立刻接受的。假如有人對我說：「花上十個路易[18]，你就可以做她的情夫。」我會拒絕並哭泣的，就像一個孩子醒來之後發現夜裡夢見的城堡是子虛烏有一樣。

但是，我確實非常想認識她，這是和她打交道的方法，甚至是唯一的方法。

於是，我對我的朋友說，我堅持要先徵得她的同意之後，再把我介紹給她。我一個人在走廊裡徘徊，一直設想著我們馬上就可以見面了，我不知道在她的注視下採用哪種方法來掩蓋自己的窘態。

我竭盡全力先組織好我將要對她說的話。

愛情是多麼天真無邪而又崇高啊！

沒過一會兒，我的朋友就下樓來了。

「她正等我們呢。」他對我說。

「她獨自一人嗎？」我問。

---

18. 法國舊制金幣，一個路易價值合二十法郎。

「還有一個女伴。」

「沒有男人嗎？」

「沒有。」

「我們去吧。」

我的朋友朝著劇院大門走去。

「喂，不是從那兒走。」我對他叫道。

「我們去買些蜜餞。她剛剛提到的。」

我們朝著通往歌劇院的那條路上的一家糖果店走去。

我真想把整間店裡的糖果都買下來，正當我在觀察一隻口袋能裝進多少東西的時候，我的朋友開口買東西了：

「糖漬葡萄來一斤。」

「您知道她喜歡吃這東西嗎？」

「別的甜食她從來不吃，這是人所共知的。」

「噢！」當我們離開鋪子時，他繼續說，「您知道您將要認識的是一個什麼樣的女人嗎？不要認為您一會兒認識的是一位公爵夫人，她只不過是一個受別人供養的女人，一個完完全全的妓女。親愛的，您不必感到尷尬，想怎樣說就怎樣說就行了。」

「好的，好的，」我結結巴巴地說，尾隨在我朋友的後面，心裡卻琢磨著：我的激情要煙消雲散了。

當我進入包廂的時候，瑪格麗特正在哈哈大笑。

我倒是寧願看到她愁眉不展的樣子。

我的朋友將我介紹給她。瑪格麗特朝我略微點了點頭，說道：

「我的蜜餞呢？」

「在這裡呢。」

她一邊拿糖果，一邊望著我。我垂下眼睛，漲紅了臉。

她傾身在她旁邊那位女人的耳畔輕輕說了幾句，然後她們兩個一起朗聲大笑起來。

不用說，我成了她們取笑的對象，我感到非常窘迫。那時，我本來已經有一個情婦：她是一個小家碧玉，多情又溫柔，她多愁善感的情書經常讓我十分得意。而我這時的感受和經歷，使我明白我肯定傷害了她。大約有五分鐘之久，我愛她超過了我愛過的任何一個女人。

瑪格麗特吃著糖漬葡萄，並沒有理會我。

我的那個引薦人不希望我處在這種尷尬的境遇裡。

「瑪格麗特，」他說，「要是狄沃爾先生訥口不言，您不要驚訝。您把他弄得茫然不知所措，讓他無所適從，以至於他不知該說些什麼。」

「我認為您是害怕一個人來感到無聊，才讓這位先生作陪的。」

「假如真是這樣的話，」我開口說，「那我就不會先請歐尼斯特來，徵得您同意之後再來拜訪您了。」

「這也許倒是一種推遲決定命運的時刻到來的絕佳方法。」

只要跟瑪格麗特那樣的女子交往過，都會瞭解她們愛口無遮攔，裝瘋賣傻，戲弄與她第一次見面的人。她們每天不得不忍受和她們見面的那些人的侮辱，無疑這是對那些侮辱的一種報復。

所以，要對付她們，就必須用她們生活圈子中熟悉的某種習慣，可是這種習慣是我所沒有的。何況，我對瑪格麗特原來的看法，使我誇大了她的玩笑的含義。對這個女子的任何舉動，我都不能無動於衷。於是我站起身來，帶著難以掩飾的變調聲音對她說：

「如果您那樣看我的話，夫人，那我只好請您原諒我的冒昧，並且不得不向您告辭，並對您保證以後不會再出現這樣的魯莽。」

說完，我行了一個禮就出去了。

我剛一關上門，就聽到第三次的哈哈大笑。這時我情願有人用手肘打我一下。

我回到我的單人座位上。

觀眾正在為開幕大聲歡呼。

歐尼斯特回到了我的身邊。

「您是怎麼搞的！」他一面坐下一面對我說，「她們認為您很笨。」

「我出去之後，瑪格麗特是怎麼說的？」

「她哄笑了一陣，對我保證，她從來也沒有見過像您這樣引人發笑的人。但是您不要喪氣。對這些女子，用不著去認真看待她們。她們不懂得什麼是禮貌，什麼是風度。就像替狗噴香水一般，牠們總覺得味道難聞，要跑到水溝裡打個滾弄掉它。」

「總而言之，這跟我沒關係！」我儘量輕快地說，「我再也不要見到這個女人了。如果說在我認識她以前，認為她會討我喜歡，現在認識她了，情況就完全不同了。」

「啊！我希望有朝一日能看到您在她的包廂後面，能看到您願意為她傾家蕩產。何況，或許您說得對，她沒有什麼教養，但她還是一個值得據為己有的美麗情婦。」

幸好幕開了，我的朋友也住了嘴。我無法告訴您那天都演了什麼節目，我所能回想起來的，就是我時不時地向那個剛剛匆匆離開的包廂看去，而那裡絡繹不絕地有新的來訪者。

可是，我怎麼也忘不了瑪格麗特。我的腦海裡不停地湧動著另一種想法，我覺得我應該忘掉我的笨拙和她的侮辱。我想著，哪怕是傾家蕩產，我也要佔有這個女子，得到剛才那個我輕易放棄的位置。

瑪格麗特和她的女伴沒等戲演完就離開了包廂。

我也身不由己想離開自己的座位。

「您這就要離開嗎？」歐尼斯特問我。

「是。」

「為什麼？」

這時候，他發現那個包廂沒人了。

「去吧，去吧，」他說，「祝您好運，祝您得償所願。」

我立刻走了出去。

我聽到樓梯上傳來窸窣的衣裙聲和喁喁的談話聲。我閃在一邊不讓人看見，只見兩個年輕人陪著這兩個女人走過來。

在劇院的立柱下，一個小廝朝她們迎上來。

「去跟車夫說，讓他在英國咖啡館門口等候，」瑪格麗特說，「我們走到那邊去。」

幾分鐘後，我徘徊在林陰大道上的時候，看到餐館的一個大房間的窗口，瑪格麗特正倚在窗台欄杆上，一瓣又一瓣地摘下她那束茶花的花瓣。

兩個年輕人之中的一個俯靠在她肩上，跟她悄聲說著話。

我在旁邊的金屋餐館二樓的大廳坐下，目不轉睛地盯著那個窗戶。凌晨一點鐘的時候，瑪格麗特和三個朋友一起重新登上了她的馬車。

我也搭上一輛雙輪輕便馬車，緊跟在後面。

她的馬車在安泰街九號停了下來。瑪格麗特從車上走下來，獨自回到家裡。

這種情況無疑是偶然的，但這種偶然卻使我倍感榮幸。

從這天起，我經常在劇院裡，在香榭麗舍大街遇到瑪格麗特。她總是那樣開心，而我也總是同樣的激動。

然而，半個月之後，我哪裡都找不到她了。見到嘉斯多時，我就向他打聽她的消息。

「那個可憐的女人生病了。」他說。

「生了什麼病？」

「肺病，她過的生活使得她的這種病是無法治癒的，現在她已經無法下床了，大概奄奄一息了吧。」

人心真是難以捉摸，她得了這種病，我反而覺得非常高興。

每天我都去瞭解她的病情，不留姓名。後來，我知道她康復了，還去了貝尼爾。

歲月荏苒，雖說不上思念，但那次印象卻逐漸在我的腦海中淡卻了。我出門旅遊，日常瑣碎的生活交際和工作逐漸銷蝕了我對她的迷戀。我把我們的第一次邂逅看作是一種初戀，就像年輕時常有的那樣，隨著時間的流逝，便一笑了之了。

再說，克服這種思念也沒有什麼值得大費筆墨的，因為自從瑪格麗特走後，我就再也沒有見過她了。正如我剛才跟您說的那樣，就算她在雜耍劇場的走廊裡從我身邊走過，我也沒能認出他來。

的確，那時她戴著面紗，但是換作在兩年以前，即使她戴著面紗，我也一樣不用看便能認出她來，我一定能猜出是她。

當我知道這是她時，我的心還是情不自禁地怦怦直跳。兩年沒有見過她，這種天各一方所帶來的淡忘，似乎在觸碰她香裙的一剎那便煙消雲散了。

chapter 8

有魅力的女子

但是，奧爾馬停頓片刻繼續說，在明白了我仍然迷戀著她的那一刻，我覺得自己比以往任何時候都更堅定了。在我渴望與瑪格麗特重逢的同時，也希望讓她看到我變得比她更高明了。

要採取怎樣的辦法，找出怎樣的理由，才能實現心中的願望啊！

為此，我不能久久地在走廊裡待著，於是我又回到正廳坐好，快速地掃視了一眼大廳，想看看她究竟坐在哪個包廂裡。

在舞台底層側面的包廂裡，她獨自坐在那兒，正像我剛才跟您說的那樣，她變了很多，嘴唇上沒有了往日淡漠的微笑。她飽受病痛的煎熬，現在也正在忍受著。

儘管現在已經是四月了，然而她穿得還像冬天那樣，全身都是絲絨衣服。

我目不轉睛地盯著她，終於吸引了她的目光。她端詳了我一會兒，又拿起她的觀劇望遠鏡仔細地把我瞧了個清楚。她一定覺得我很面熟，但又不能確切地記起來我是誰，因此在她放下觀劇望遠鏡的時候，嘴角浮現出一絲淡笑，這是女人用來致意的嫵媚的方式，為的是回應我的致意，她好像是正在等著我也這樣做。但是我毫無反應，故意要顯得占上風，看上去像是她回憶起了我，我反倒把她忘記了似的。她以為認錯了人，轉過臉去了。大幕升起了。

在演戲的時候，我頻頻看向瑪格麗特，我發現她對表演根本不感興趣。至於我，對演出內容也同樣漠不關心，我只是一門心思在她身上，儘量不讓她察覺。我發現她正在同對面包廂裡的人交換眼色。便朝那個包廂望去，一個我十分熟悉的女人也坐在裡面。

這個女人以前也是受人供養的，還曾經試圖進軍戲劇界，可是沒有成功。而後，她利用和巴黎那些風雅女子的熟絡關係，開始投身商界，開了一家婦女時裝商店。從她身上我找到一個跟瑪格麗特見面的好途徑，趁她朝我這邊看過來的時候，我用手勢和眼色問候她。果然不出我所料，她招呼我到她的包廂去。

那個婦女時裝店的老闆娘有個好聽的名字叫做甫麗苔絲・托維奴瓦，是一個四十歲的胖女人，從她們這樣的女人那裡打聽消息是不用拐彎抹角的，況且我要向她瞭解的又是一件很普通的事。

趁她又要跟瑪格麗特打招呼的時候，我問道：

「您是在張望誰呀？」

「瑪格麗特・戈迪爾。」

「您認識她嗎？」

「認識，她是我店裡的老主顧，而且也是我的鄰居。」

「就是說您也住在安泰街？」

「在七號。我倆梳妝室的窗口剛好對著。」

「據說她是一個非常有魅力的女子。」

「您不認識她嗎？」

「不認識，但是我很想認識她。」

「您要我叫她到我們的包廂裡來嗎？」

「不用，還是您把我介紹給她吧。」

「到她家裡嗎？」

「是的。」

「這有點難。」

「為什麼？」

「因為有一個嫉妒成性的老公爵總是監護著她。」

「監護，真有意思。」

「是的，」甫麗苔絲又說道，「可憐的老頭兒，做她的情夫也真夠為難的。」

隨後甫麗苔絲給我講述了瑪格麗特是怎樣在貝尼爾與公爵相識的。

「就是為此，」我接著說道，「她才獨自到這兒來嗎？」

「是的。」

「但是，誰陪她回去呢？」

「公爵。」

「他會來接她的，這麼說？」

「待會兒他就會來接她。」

「那誰來接您呢？」

「沒有人。」

「那我毛遂自薦陪您回去吧。」

「不過，我想你還有一位朋友一起的吧。」

「不如我們倆一起陪您回去好啦。」

「您的朋友是個怎樣的人呢？」

「非常迷人的小夥子，很風趣，他認識您一定會很高興的。」

「那好吧，一言為定，等這一幕演完之後，咱們三個人[19]一起走，因為我已經看過最後一幕了。」

「好的，我去通知我的朋友。」

「去吧。」

「啊！」正當我要出去的時候，甫麗苔絲對我說道，「您看，公爵進瑪格麗特的包廂啦。」

我朝那邊望過去。

果然，一個七旬老頭剛剛在這個年輕女人的身後坐下了，還遞給她一袋蜜餞，她馬上笑盈盈地從袋裡掏出蜜餞，然後把那袋蜜餞放到包廂前面，向甫麗苔絲比了個手勢，

19. 原文為四個人，前後文矛盾，現改為三個人。

意思是說：

「您想要一點嗎？」

「不。」甫麗苔絲拒絕。

瑪格麗特拿回蜜餞，轉過身，開始和公爵談話。

把這些事事無鉅細地講出來，很幼稚，可是，和這個女人有關的一切，我都歷歷在目，因此，我忍不住要一一回憶起來。

我下樓告訴了嘉斯多我剛才為我們倆的行程所做的安排。他答應了。

我們離開座位，要到樓上托維奴瓦太太的包廂去。

剛好一打開正廳前座的門，我們就不得不站住，給正要離開的瑪格麗特和公爵讓路。

我寧願少活十年來代替這個老頭的位置。

到了大街上，公爵攙扶瑪格麗特上了一輛四輪敞篷馬車，並親自駕車，兩匹駿馬拉著他們很快便消失得無影無蹤。

我們走進甫麗苔絲的包廂。

這一幕戲演完後，我們下樓離開劇院，坐上一輛普通的出租馬車，車子把我們送到安泰街七號。甫麗苔絲在家門口邀請我們去他家，想讓我們看看她家裡堆存的讓她引以為豪的商品，讓我們開開眼界。可想而知我是多麼巴不得接受她的邀請。

我覺得自己好像正在逐漸接近瑪格麗特。沒一會兒，我又把話題轉移到瑪格麗特身上。

「公爵在您的女鄰居家裡嗎？」我問甫麗苔絲。

「不在，她必定是一個人。」

「我想她一定感到百無聊賴。」嘉斯多說。

「差不多每天晚上我們都在一起消磨時光，或者她回家以後就叫我過去。她在凌晨兩點以前幾乎從不睡覺。」

「為什麼呢？」

「她有肺病，並且總在發燒。」

「她沒有情人嗎？」我問。

「每次我去她家，從未見過她家裡有人；但是我不能保證我走了以後有沒有人去。晚上，我常常在她家裡遇到一位N伯爵，這位伯爵經常在晚上十一點鐘拜訪她，而且只要她要首飾他就會送給她，從而使自己的追求更好地展開。但是她不喜歡他，其實，她錯了，他是一個闊少爺。我經常白費唇舌地對她說：『親愛的孩子，他正是您很需要的！』她通常很聽我的話，然而這次卻轉過身去，對我說，他太笨了。他是很笨，這我贊同。然而對她來說，伯爵會給她一個身分，而那個老公爵說不定隨時就一命嗚呼了。這些老頭子都是自私的；他家裡人又都不斷地指責他對瑪格麗特的迷戀：這就是他不可能給瑪格麗特留下任何東西的兩個原因。我和她講道理，她卻說：『等公爵死了，也還來得及跟伯爵發展。』

「像她如此生活可不總是開心的，」甫麗苔絲繼續說，「我呀，我是很明白的，我受不了這種生活，我會趕緊攆走老頭子的。這個老頭兒平庸乏味，他稱瑪格麗特為他的女兒，把她當做孩子一樣關心，始終在監視她。我有十分的把握，現在他的一個僕人正徘徊在街上，看看都有誰從她家裡出來，尤其是看都有誰進去。」

「啊！可憐的瑪格麗特！」嘉斯多一邊說，一邊在鋼琴前面坐了下來，彈了一首華爾滋舞曲，「我並不瞭解這些事。但是我覺得這一段時間她不如以前那樣開心了。」

「噓！」甫麗苔絲邊說邊側耳傾聽著。

嘉斯多停止了彈奏。

「我覺得是她在叫我。」

我們一起側耳諦聽著。果然，有個聲音在叫甫麗苔絲。

「好了，先生們，你們走吧。」托維奴瓦夫人對我們說。

「啊！您就是這麼招呼客人的嗎？」嘉斯多笑著說道，「我們願意走時自然會走。」

「為什麼我們要走呢？」

「我要去瑪格麗特那兒了。」

「我們就在這兒等著好了。」

「那可不行。」

「要不我們和您一起去？」

「那更不行。」

「我呀，我和瑪格麗特認識。」嘉斯多說，「我完全可以去拜訪她。」

「可是奧爾馬不認識她呀。」

「我幫他作介紹。」

「這行不通。」

我們再次聽到瑪格麗特不停地叫甫麗苔絲的聲音。

甫麗苔絲走進她的梳妝室。我和嘉斯多也尾隨了進去。她打開窗子。我們躲了起來，以免被外面的人看見。

「我叫了您十分鐘了。」瑪格麗特在窗口說，口氣幾乎有點兒蠻不講理。

「您叫我有什麼事嗎？」

「我要您立刻過來。」

「怎麼了？」

「因為N伯爵賴著不走，我簡直快被煩死了。」

「我現在走不開。」

「誰妨礙你呢？」

「我家裡來了兩個年輕人，他們不願意走。」

「告訴他們您必須得出門了。」

「我已經跟他們講過了。」

「那就讓他們在您那兒待著吧；他們見您出了門，自然就走了。」

「對，在把我家搞得亂七八糟以後！」

「那他們到底想幹什麼呀？」

「他們想見您。」

「他們叫什麼名字？」

「其中一位您認識，是嘉斯多・R先生。」

「啊！是的，我認識他。另一位呢？」

「奧爾馬・狄沃爾先生。您不認識他嗎？」

「不認識，不過儘管帶他們過來吧，除了伯爵，見誰我都樂意。我等著您，快點來吧！」

瑪格麗特關上了窗戶，甫麗苔絲也關上了。

瑪格麗特剛剛還記起了我的面孔，這會兒卻不記得我的名字了。我寧願她記得我當初的窘態，也不願意她忘記我的姓名。

「我早就知道，」嘉斯多說，「她會很樂意見到我們的。」

「樂意就恐怕未必，」甫麗苔絲一邊搭披肩、戴帽子，一邊回答說：「她願意招待你們，就是為了打發伯爵走。你們要儘量做得比伯爵討人喜歡一些，否則憑藉我對瑪格麗特的瞭解，她會和我翻臉的。」

我們跟著甫麗苔絲一起下了樓。

我有點緊張，我覺得這次拜訪會對我的一生產生巨大的影響。

此刻我比在喜劇歌劇院的包廂裡被介紹給她的那天晚上更為激動。

在走到您所認識的那所公寓門前的一剎那，我的心跳如此強烈，以至於腦子裡一片空白。

幾聲鋼琴的和音傳到了我們的耳朵裡。

甫麗苔絲去按門鈴。鋼琴聲停止了。

一個女人來給我們開了門，她看上去更像一個雇來的女伴，而不是女傭。

我們先穿過大客廳，然後來到小客廳，裡面的陳設就如同您後來所看到的那樣。

一個年輕人倚在壁爐旁。

瑪格麗特坐在鋼琴前面，任手指在琴鍵上舞動，彈奏了一首又一首的曲子，卻沒有一首彈完整的。

屋裡的場面一派沉悶的氣氛，因為男的為自己的平庸而感到侷促不安，女的為這個喪門星的來訪而叫苦不迭。

一聽到甫麗苔絲的聲音，瑪格麗特便站起身，向托維奴瓦夫人投去感謝的目光，同時向我們迎了上來，對我們說道：

「請進，先生們，歡迎光臨。」

chapter 9

這個女人身上有某種單純的東西

「晚上好，親愛的嘉斯多，」瑪格麗特對我的同伴說：「很高興能見到您。在雜耍劇院時，您怎麼不到我的包廂來呢？」

「我擔心那樣過於冒昧。」

「朋友嘛，」瑪格麗特十分強調這個詞，好像她要在場所有的人都明白，雖然她以一種十分親熱的方式對待嘉斯多，但過去和現在他始終只是一個朋友而已，「朋友永遠不會過於冒昧的。」

「那麼，請允許我向您介紹奧爾馬・狄沃爾先生！」

「我已經答應讓甫麗苔絲替我作介紹了。」

「再說，夫人，」這時我躬身說道，終於能夠讓我的聲音清晰可辨，「我已經有幸被介紹給您過了。」

瑪格麗特迷人的雙眼看上去正在記憶中搜尋，但還是什麼也沒想起來，或者看上去什麼也沒想起來。

「夫人，」我繼續說，「我很感謝您忘記了第一次的介紹，因為當時我非常可笑，而且一定讓您感覺很討厭。那是兩年前，在喜劇歌劇院；我和歐尼斯特在一起。」

「哦！我想起來了！」瑪格麗特笑著說，「不是您當時可笑，而是我喜歡戲弄人，我現在也還有點這樣，不過好一些了。您已經原諒我了吧，先生？」

她將手伸給我，我吻了一下。

「不錯，」她又說，「請想像我有個壞習慣，我喜歡難為初次見到的人，這樣做很蠢。我的醫生說這是由於我有點神經質，而且身體又總是不舒服，請相信我醫生的話。」

「但是您看起來非常健康。」

「噢！我曾經大病一場。」

「這我知道。」

「是誰告訴您的？」

「所有人都知道，我常常來打聽您的情況，我十分高興知道您痊癒了。」

「我從來沒有收到過您的名片。」

「我一向不留名片。」

「在我生病期間，有個年輕人每天來打聽我的病情，卻從來不願留下名字，這個人就是您嗎？」

「正是。」

「那麼，您不但心胸寬廣，而且心地善良。」

她朝我瞥了一眼，女人在對一個男人作出評價時，就會用這種眼神作為補充。隨後她轉身對德・N先生說：「伯爵，您是不會這樣做的。」

「我認識您剛剛兩個月呀。」伯爵辯解說。

「但這位先生才不過認識我五分鐘。您老是回答些蠢話。」

女人對待她們不喜歡的人是冷酷無情的。

伯爵漲紅了臉，嘴唇緊咬著。

我對他產生了憐憫，因為他看起來像我一般墜入了情網，而瑪格麗特冷酷的坦率一定讓他很難堪，特別是當著兩個陌生人的面。

「我們進來的時候，您不是正在彈鋼琴嗎？」我想轉移話題，於是說道，「您不願賞臉把我當做您的老朋友，繼續您的彈奏嗎？」

「噢！」她說，一邊向長沙發倒去，示意讓我們也坐下，「嘉斯多知道我彈的什麼曲子。我跟伯爵單獨相處時就是這樣的，但是我不想要你們也遭這份罪。」

「您是為了我才有這樣的愛好吧？」德・N先生回嘴說，他盡可能表現出狡黠而嘲諷的微笑。

「您這樣指責我就錯了，這是我唯一的愛好。」

顯然，這個可憐的小夥子無言以對。他向年輕女子投去了實在可以說是哀求的目光。

「那麼，甫麗苔絲，請您說說，」她繼續說，「我托您辦的事辦好了嗎？」

「辦好了。」

「那好，待會兒告訴我好了。我們有點事談，當我還沒跟您談話前，您先別走啊。」

「我們或許來得很冒昧。」這時我說，「如今我們，確切地說是我，已經得到第二次介紹，可以忘掉第一次了，嘉斯多和我，我們就此告辭了。」

「千萬不要走，我這話不是衝著你們來的。相反，我希望你們留下。」

伯爵拿出一塊十分精美的錶，看了看時間：

「我應該去俱樂部了！」他說。

瑪格麗特緘默不語。

於是伯爵離開壁爐，來到她面前：

「再見，夫人。」

瑪格麗特站起身來。

「再見，親愛的伯爵，您這就要走嗎？」

「是的，我恐怕使您感到厭煩。」

「您今天並沒有比往日更讓我厭煩。什麼時候再見到您呢？」

「只要您允許。」

「那就再見吧！」

您得承認，她這一招實在無情。

幸虧伯爵接受過良好的教育，又非常有涵養。瑪格麗特漫不經心地向他伸出手去，他僅僅吻了一下手，向我們行了個禮，隨後就離開了。

在他跨出房門的時候，我看了看甫麗苔絲。

她聳聳肩，那種神情意味著：

「您讓我怎麼辦呢？我把能做的都做了。」

「拉尼娜！」瑪格麗特大聲叫道，「替伯爵先生照亮。」

我們聽到了開門和關門的聲音。

「可算走了！」瑪格麗特回來時嚷嚷說，「這個年輕人真是讓我心煩意亂。」

「親愛的孩子，」甫麗苔絲說，「您對他真是太刻薄了，他對您多溫柔體貼啊。您看壁爐上還有一塊他送給您的錶，我敢說這塊錶至少值一千埃居[20]。」

托維奴瓦太太走近壁爐，拿起她剛才提及的精巧物體把玩著，並投以貪婪的目光。

「親愛的，」瑪格麗特坐到鋼琴前說，「我把他送的禮物和他對我說的話，放在天平兩端衡量了一下，我覺得允許他來訪還是太便宜他了。」

「這個可憐的年輕人可是愛您的。」

「如果我必須得聽所有愛我的人說話，我也許連吃飯的時間都沒有了。」

她的手在琴鍵上飛舞著，然後轉過來對我們說：

20. 法國古錢幣。

「你們想吃點什麼嗎？我呢，很想喝一點帕趣酒[21]。」

「我嘛，我想吃點兒雞肉，」甫麗苔絲說，「我們吃點兒宵夜吧？」

「就這樣，我們去吃宵夜。」嘉斯多說。

「不，我們就在這兒吃吧。」

她打鈴，拉尼娜走了進來。

「讓人去準備宵夜。」

「吃些什麼呢？」

「隨你安排，但是要快，立刻就要。」

拉尼娜出去了。

「好啦，」瑪格麗特像個孩子似的跳著說，「我們要吃宵夜了，那個笨蛋伯爵真讓人厭煩！」

我越看這個女人，越著迷。

她美得讓人心醉神馳，甚至連她的消瘦也別有一番風韻。

21. 又稱潘趣酒，是一種英國飲料，在燒酒或果子酒中摻入糖、檸檬、紅茶等製成。

我看得出了神。

我很難解釋清楚自己所產生的改變。我對她的身世充滿同情，對她的美貌充滿仰慕。她不肯接受一個英俊、富有、準備為她傾家蕩產的年輕人，這種毫不勢利的態度使我原諒了她過去的全部過錯。

這個女人身上有某種單純的東西。可以看出她儘管過著放縱的生活，但內心仍然很純真。她步履穩健，體態娉婷，玫瑰色的鼻孔張開著，大大的瞳仁周圍有一圈淡淡的藍色，這一切表明她是那種天性熱情的人。在這樣的人周圍，總是散發出一股享樂的芬芳，猶如那些東方的香水瓶一般，無論蓋得多嚴，裡面香水的味道仍然會散發出來。

總之，不論是出於氣質，還是出於疾病的症狀，在這個女子的眼裡，不時閃現出欲望的光芒，這種欲望的外露，對於她曾經愛過的人來說，不啻一種天啟。然而愛過瑪格麗特的人不勝枚舉，而她愛過的人還數不出來。

一句話，在這個女子身上能看到處女的特質，她只是一時失足成了交際花，而這個交際花很容易成為最純潔、最多情的貞節女子。瑪格麗特身上還有一些傲慢和獨立。這兩種受過挫傷的品質可以起到和貞潔同樣的作用。

我一言不發，我的靈魂彷彿全在我的心裡，而我的心又似乎全在我的眼睛裡。

「如此說來，」她突然又說，「我生病的時候，是您常常來打聽我的病情？」

「是的。」

「您知道這麼做實在是太棒了！我要怎麼做才能感謝您呢？」

「允許我經常來看看您。」

「悉聽尊便，下午五點至六點，半夜十一點至十二點都可以。嗨，嘉斯多，請為我彈一曲《邀舞曲》。」

「為什麼？」

「首先是為了讓我高興，其次是因為我一個人老是彈不好這曲子。」

「那麼，哪部分讓您覺得困難呢？」

「第三段升高半音的那一段。」

嘉斯多站起來，坐到鋼琴前面，開始彈奏韋伯[22]的這首絕妙名曲，樂譜攤開在譜架上。

瑪格麗特一手扶著鋼琴，看著琴譜，目光緊隨著上面的每個音符移動，隨著琴音低

22. 十八至十九世紀時期德國著名作曲家。

聲吟唱著。

當嘉斯多演彈到她說的那一段時，她一邊用手指敲擊著鋼琴頂部，一邊輕聲唱道：「來，咪，來，多，來，法，咪，來，這就是我每次都彈不好的地方。請再彈一遍。」

嘉斯多重新彈了一遍，彈完以後，瑪格麗特對他說：

「現在讓我來試試。」

她坐下來並彈了起來，可是她的手指不聽使喚，每當彈到剛才提到的那幾個音符中的一個時就會出錯。

「真令人難以置信，」她幾乎用孩子的腔調說：「我老是彈不好這一段！你們信嗎，有幾次我彈這一段一直到凌晨兩點鐘！每當我想到這個蠢伯爵不看樂譜卻可以彈得那麼出色時，我想也許就是這個原因使我跟他大動肝火。」

她又彈了一遍，但仍是老樣子。

「讓這煩人的曲子見鬼去吧！」她邊說邊把樂譜扔到房間的另一頭，「為什麼我就不會連續彈出八個高半音呢？」

她交叉抱著雙臂，看著我們，氣得直跺腳。

她的臉頰馬上升起一片紅暈，一陣輕微的咳嗽令她嘴半張著。

「瞧瞧，瞧瞧，」甫麗苔絲說，她已經摘下了帽子，在鏡子前面整理她的髮帶，「您又要生氣了，弄得自己不舒服，不如我們去吃宵夜吧，我呀，都快餓死了。」

瑪格麗特又拉了一下鈴，隨後她又坐到鋼琴前面邊輕聲地哼著一首輕浮的歌曲邊伴奏，沒出一點錯。

嘉斯多會唱這首歌，於是他倆來了個二重唱。

「別再唱這種下流的歌了。」我用懇切的語氣親切地對瑪格麗特說。

「噢！您可真是純潔無瑕啊！」她微笑著對我說，同時向我伸出了手。

「這不是為我，而是為您著想啊！」

瑪格麗特比了一個手勢，示意道：「噢！我呀，我早就和貞潔一刀兩斷了。」

這會兒拉尼娜走了進來。

「宵夜準備好了嗎？」瑪格麗特問。

「夫人，再等一會兒就好了。」

「還有，」甫麗苔絲對我說，「您還未參觀過這套公寓呢。來，我帶您去看看。」

您知道，客廳佈置得十分富麗堂皇。

瑪格麗特陪了我們一會兒，然後她叫上嘉斯多，他們一起到餐室去，看宵夜有沒有做好。

「看，」甫麗苔絲高聲說道，她盯著一隻多層架子，從上面取下一個薩克森小塑像，「我還不知道您有這麼一個小塑像呢！」

「哪一個？」

「手裡拿著一隻鳥籠的小牧童，籠裡還有一隻鳥。」

「要是您喜歡，就拿去吧！」

「哦？但我恐怕這會奪您所愛。」

「我覺得它很醜，我原本想把它送給我的女傭，既然討您的喜歡，就拿走吧。」

甫麗苔絲只重視禮物本身，也不在乎送禮的方式。

她把小塑像放在一邊，將我領到梳妝間，指著掛在那裡的兩幅細密肖像畫對我說：

「這就是德・G伯爵，他曾經愛慕過瑪格麗特。是他把她捧出來的。您知道他嗎？」

「不知道。另外一位是誰？」我指著另外一張細密肖像畫問道。

「小德・L子爵？他不得不離開了她。」

「為什麼？」

「因為他差不多傾家蕩產了。這也是一個以前愛慕過瑪格麗特的人！」

「那麼她一定非常愛他嘍？」

「這是個脾氣非常古怪的女子，別人根本不知道怎樣和她相處。德·L子爵離開她的那天晚上，她和平常一樣去看戲，可是，在他離開的時候，她倒是哭了。」

這時，拉尼娜來了，稟報我們宵夜已經準備好了。

當我們走進餐廳時，瑪格麗特靠在牆上，嘉斯多握著她的手，悄聲地和她說著話。

「您瘋了！」瑪格麗特回答說，「您很清楚我不願意接受您。像我這樣的女人，用不著花兩年的時間來瞭解，然後才來要求做我的情人吧。我們這種人，要麼立刻委身於人，要麼永遠也不。來吧，先生們，請入席。」

於是瑪格麗特擺脫嘉斯多的手，讓他坐在她右邊，我坐在她左邊，然後對拉尼娜說：

「你先去關照廚房裡的人，如果有人拉鈴，不要開門，然後再來坐。」

這樣吩咐的時候，已經是凌晨一點鐘了。

這頓宵夜上，我們酣暢地吃喝取樂，直至歡快到了極點，不時地爆發出不堪入耳的話。有些圈子裡的人覺得這些話很逗樂，拉尼娜、甫麗苔絲和瑪格麗特就很為之喝彩叫好。嘉斯多縱情享樂，他是一個心地善良的年輕人，但是他的思想因為早些時期染上的惡習而有點變壞。我一度很想隨波逐流，讓自己從心靈到思想都融入到眼前的尋歡作樂當中，享受這美饌佳餚般的快樂。然而，我漸漸地脫離這片喧鬧，我的酒杯始終滿滿的。看著這位二十歲的美人兒喝酒，像腳夫那樣說話，別人講的話越不堪入耳，她笑得越開懷，我變得近乎哀傷。

我覺得這種尋歡作樂，這種講話和喝酒的方式，表現在其他在座的人身上是放蕩、壞習慣或者精力旺盛的結果，而在瑪格麗特身上，我感覺到的卻是一種忘卻現實的需要，一種巔狂，一種神經質的應激反應。每喝一杯香檳酒，一陣發燒的紅暈就覆蓋在她的臉頰，宵夜開始時，她輕微的咳嗽，久而久之變得越來越厲害，她不得不把頭仰靠在椅背上，每次咳嗽時，都要用雙手緊壓胸脯。

像這樣每天狂喝濫飲，勢必會讓她那孱弱的身體受到傷害，我看了真的很難過。

不出我所料，我害怕的事終於發生了。宵夜就要結束時，瑪格麗特一陣狂咳，這是我來了以後她咳嗽得最厲害的一次。我覺得她的五臟六腑就像在胸膛裡被撕碎了。

可憐的女子臉色變得通紅，痛苦地合上眼睛，用餐巾擦拭嘴唇，餐巾被一滴鮮血染紅了。於是她站起身來，奔跑進了梳妝室。

「瑪格麗特怎麼啦？」嘉斯多問。

「她笑得太厲害，咳出血來了。」甫麗苔絲說，「啊！沒關係，她每天都是這樣的。她一會兒就會回來的。讓她獨自待會兒，她更喜歡那樣。」

至於我，我情不自禁，雖然甫麗苔絲和拉尼娜大吃一驚，想叫住我，但我還是去找瑪格麗特了。

chapter
10
近乎懺悔的坦率

她躲進的那間屋子裡，只有一支放在桌子上的蠟燭亮光。她仰倒在一張大沙發上，連衣裙解開著，一隻手按住心口，另一隻垂下來。桌上放著一個銀面盆，裡面有半盆水，水裡漂浮著大理石花紋一般的縷縷血絲。

瑪格麗特臉色慘白，半張著嘴，竭力想喘過氣來。她的胸口不時地由於深呼吸而鼓脹起來，吐氣之後，似乎輕鬆了一些，使她有片刻的工夫感覺舒服一些。

我靠近她，她紋絲不動。我坐下來，握住她放在長沙發上的那隻手。

「啊！是您？」她笑了一笑對我說。

大概我表情大驚失色，因為她又問我：

「您也生病了嗎？」

「沒有。可是您還難受嗎？」

「稍微有點，」她用手帕拭去因咳嗽湧上的眼淚，「這種情況我現在已經習慣了。」

「您這是在自殺，夫人。」我用激動的聲調對她說，「我願意做您的朋友，您的親人，以便阻止您這樣糟蹋自己。」

「啊！您實在用不著大驚小怪，」她用悲哀的語調解釋說，「您看看其他人是不是還關心我：這是因為他們非常清楚這種病是無可救藥的。」

說完，她站起來，拿起蠟燭，把它放到壁爐上，然後照了照鏡子。

「我的臉色是多麼蒼白啊！」她邊說邊把連衣裙繫好，用手指把散亂的頭髮梳理好。「啊！行了！我們重新入席吧，您不來嗎？」

但我仍舊坐著一動不動。

她理解這種場面對我情緒的影響，因此她走近我，把手伸給我，對我說：

「看您，來吧。」

我抓住她的手，把它放到唇邊，兩滴忍了很久的淚水滾落下來，打濕了她的手。

「好啦，瞧您多麼孩子氣啊！」她邊說邊坐到我身邊，「瞧您都哭了！您怎麼啦？」

「您一定覺得我有點傻，可是剛才的情景令我難過極了。」

「您心腸真善良！您叫我有什麼辦法呢？我無法入睡，我必須得消遣消遣。再說，像我這樣的女子，多一個少一個又何妨呢？醫生告訴我，我咳的血是從支氣管出來的，我裝著相信他們的話，否則我又能拿他們怎麼辦呢。」

「聽我說，瑪格麗特，」於是我再也無法控制自己了，說道：「我不知道您對我的一生會產生怎樣的影響，可是我知道，眼下您是我最關心的，超過了任何人，甚至是我的妹妹。自從我見到您以來，就是這樣的情況了。哦，看在上天的份上，好好照顧自己，不要再像眼下這樣生活下去了。」

「即便我好好照顧自己，我也會死去。現在支撐著我的，正是我過著的狂放不羈的生活。再說，好好照顧自己，那只對有家庭和朋友的上流社會婦女有用，而對於我們，一旦我們不能再滿足情人的虛榮心，不能再陪他們尋歡作樂，他們就會將我們拋棄，於是漫漫長夜過後，迎接我們的又是度日如年的白晝。我對此一清二楚，唉，我在床上躺過兩個月，在第三個星期之後，就沒有人再來看望我了。」

「我對您來說確實什麼也算不上，」我繼續說，「但是，只要您不嫌棄，我會像親兄弟一樣照顧您，不會離開您，我要治好您的病。等您身體康復以後，您還可以隨心所欲地過眼下的生活，但是，我十拿九穩，您會更喜歡平靜的生活的，這種日子會讓您感到更幸福，會使您永保青春靚麗。」

「今晚您這樣想，是由於您酒後感傷，但是，您誇口時的那份耐心今後是絕對不會有的。」

「請允許我告訴您，瑪格麗特，您生過兩個月的病，在這兩個月裡，我天天都來打聽您的消息。」

「不錯。可是，您怎麼不上樓呢？」

「因為那時我還不認識您。」

「和我這樣的女人有什麼可以拘禮的？」

「和一個女人在一塊兒總令人拘謹，至少我的想法是這樣。」

「這麼說來，您真會照顧我嘍？」

「是的。」

「您每天都會待在我身旁嗎？」

「當然。」

「甚至每一夜也一樣嗎？」

「只要您不厭煩我，日日夜夜都是。」

「您這叫什麼？」

「忠貞不渝。」

「這忠貞不渝從何而來？」

「來自我對您無法克制的愛戀。」

「如此說來，您愛上我了嗎？馬上說出來吧，這樣更乾淨俐落些。」

「大概是的，可是，即便有朝一日我要對您表白，那也不是今天。」

「最好您永遠都不要對我表白。」

「為什麼？」

「因為這樣表白只會有兩種後果。」

「哪兩種？」

「要麼我拒絕，到時您肯定會怨恨我；要麼我接受您，那麼您就會有一個愁眉苦臉的情婦——一個神經質的、有病的、憂鬱的女人，一個快樂的時候比悲傷更悲傷的女人，一個整天咳血，而且每年要花費十萬法郎的女人。對公爵這樣一個老富翁來說，是能夠承受的，而對您這樣一個年輕人來說就很棘手了。事實上，我以前所有的年輕情人都很快就離開我了。」

我默不作聲，我傾聽著。這種近乎懺悔的坦率，這種我在金色面紗遮蓋下依稀看到的痛苦生活，可憐的女子用放蕩、酗酒和失眠來逃避生活現實，這一切讓我感慨萬千，說不出來一句話。

「算了，」瑪格麗特繼續說，「我們淨說孩子氣的話。伸手給我，我們回到餐廳去吧。別讓他們知道我們離開這會兒幹了什麼。」

「要回去您就回去吧，請您允許我獨自待在這裡。」

「為什麼呀？」

「因為您的尋歡作樂使我感到非常難受。」

「那麼，我就滿面愁容好啦。」

「啊，瑪格麗特，我跟您說一件事，這件事大概別人經常在您耳邊提起，您已經聽慣了，習以為常了。不過這件事是千真萬確的，以後我也不會再和您說了。」

「什麼事？」她微笑著說，那種微笑就像是年輕的母親在聽到孩子說傻話時浮現出來的。

「自從見到您後，我不知道是怎麼回事，您在我的生活中佔據著一個重要的位置，我曾想把您從我腦海中驅除，但我也不知道為什麼，您的形象總是去了又回。我已經兩年沒見過您了，今天再次和您相遇，您在我的心裡和腦海裡佔據了不可動搖的地位。最後，既然您接待了我，我們認識了，我清楚了您全部的特殊情況，那麼，您便成了我不可缺少的人。千萬別說不愛我，即使是您不允許我愛您，我也會發瘋的。」

「可是您是多麼可悲啊，照搬D太太[23]的話來說：『那麼您是個富翁囉！』如此說您並不知道我每月要花上六七千法郎，這已是我生活中必不可少的花費。我可憐的朋友，您並不清楚我會在短短的時間裡就讓您傾家蕩產，您家裡人會停止您一切花銷的供給，以此來警告您不要和我這種女人一起生活。像愛一個好朋友那樣愛我吧，可是別換另外的方式。您來看我，我們一起有說有笑，但是用不著誇大我的身價，因為我是不值得的。您心地善良，需要愛情。您太年輕，很容易動感情，我們的生活圈子不適合你。去找一個結過婚的女人吧，您看，我是一個善良的女人，什麼都跟您直來直去地說了。」

「好啊！你們在這裡搞什麼鬼啊？」甫麗苔絲嚷道。她什麼時候來的我們一點聲音都沒聽到，只見她披頭散髮，連衣裙解開，突然出現在門口，可以看得出這是嘉斯多的手弄亂的。

23. 指托維奴瓦太太。

「我們是循規蹈矩的，」瑪格麗特解釋道，「請讓我們再待一陣兒，我們馬上就來。」

「好，好，你們談吧，孩子們。」甫麗苔絲說著就走開了，並順便關上了門，好像是為了強調她最後幾句話的語氣一般。

「就這麼一言為定，」只剩下我們倆時，瑪格麗特繼續說，「您就不要再愛我了。」

「那我就遠走高飛。」

「竟然到這種程度了嗎？」

我說過頭了，以至於沒了退路。然而，這個女人已經讓我神魂顛倒了。這種快樂、悲傷、純真、憂鬱、放蕩的混合，甚至那種加劇她多愁善感、神經亢奮的疾病，這一切都使我明白假如一開始我就無法控制這個天性健忘和輕浮的女人，那我就只會失去她。

「喂，您是認真的嗎？」她笑著問。

「是的，我非常認真。」

「可是，您為什麼不早和我說呢？」

「我哪裡有機會對您說這些。」

「在喜劇歌劇院被介紹給我的第二天就可以告訴我嘛。」

「我覺得要是那時候我去看您的話，您接待我的態度一定會很差。」

「為什麼呢？」

「因為在前一晚上我有點蠢頭蠢腦的。」

「這倒是真的。但是那時候您不是就早已愛上我了嗎？」

「是啊。」

「但這並不妨礙您在看完戲後，回家安然入睡。這種偉大的愛情到底是怎麼回事，我們都一清二楚。」

「那樣說，您就搞錯了。您知道那晚我離開戲劇院之後的所作所為嗎？」

「不知道。」

「我先在英國咖啡館門口等待您，然後尾隨您和您三位朋友乘坐的車子，當我看到您獨自一個人下車回家，我覺得很高興。」

瑪格麗特笑了。

「您笑什麼？」

「沒什麼。」

「說給我聽吧，我求您了，不然我會以為您是在嘲笑我。」

「您不會生氣吧？」

「我哪有權利生氣呢？」

「那麼，我獨自回家，是有一個很好的理由的。」

「什麼理由？」

「有人在這裡等我。」

即使她捅我一刀，也不會比這更讓我痛苦。我站起來，向她伸出手去：

「再見。」我對她說。

「我早就知道您會生氣，」她說，「男人們總是興致勃勃地想知道使他們難堪的事。」

「但是，我向您保證，」我冷冷地接著說，好像想證明自己已經徹底平息了激怒似的，「我和您保證，我沒有生氣。有人在等您，是自然而然的事，就和我凌晨三點鐘要告辭一樣，同樣是自然而然的事。」

「難道也有人在家裡等您嗎？」

「沒有，但是我必須走了。」

「那麼，再見啦。」

「您這是在打發我走嗎？」

「絕不是。」

「您為什麼要使我難過呢?」

「我怎麼使您難過了?」

「是您告訴我說那天有人在等您。」

「想到您看到我獨自回家,而且是為了一個好理由的時候居然覺得很高興,我就忍俊不禁。」

「人們往往會犯孩子氣。在這時令人掃興是很可惡的。只有令人保持快樂,才會使找到快樂的人愈加快樂。」

「可是您究竟把我們當做什麼人來打交道呢?我既不是處女,也不是公爵夫人。我不過今天才認識您,用不著向您一一彙報我的行動。就算有朝一日我成為您的情婦,您也要知道,除了您以外我還有很多別的情人。如果您事先就已經吃醋了,那麼以後,又會如何呢?就算以後有這一天吧!我從未見過和您一樣的男人。」

「這是因為像我這樣愛您的人還從來沒有。」

「嗨,直說吧,您真的很愛我嗎?」

「我覺得我對您的愛已經達到了最大限度。」

「這些都是從何時開始的?」

「從我看見您從馬車上走下來，邁進絮斯商店那一天開始，到現在已經三年了。」

「您知道嗎？真是妙不可言。可我要做什麼才能報答這偉大的愛情呢？」

「應該稍微給我點愛。」我試探著說，劇烈的心跳簡直快使我講不出話來了。雖然她在這場談話中一直流露出譏諷的微笑，但我還是認為，瑪格麗特開始和我一樣心慌意亂了。我一直翹首盼望的時刻終於臨近了。

「那麼公爵怎麼辦呢？」

「哪個公爵？」

「我的老醋罈子。」

「他會一無所知的。」

「假如他知道了呢？」

「他會原諒您的。」

「唉！不會的！他如果拋棄我了，那我該怎麼辦呢？」

「您為了別人也在冒這種被拋棄的風險。」

「您是如何知道？」

「您剛才不是吩咐今晚不讓任何人進來嗎？這已經透露了消息。」

「是的，但這是一位很莊重的朋友。」

「您並不怎麼看重他，因為這種時候您叫人把他拒之門外。」

「您沒資格責備我，我是為了接待你們，您和您的朋友。」

我逐漸地靠近瑪格麗特，我已經摟住了她的腰，我感到她柔軟的身體已經在我的懷裡了。

「如果您知道我多麼愛您就好了！」我低聲對她說。

「您當真？」

「我向您發誓。」

「好吧！如果您答應我，對我百依百順，毫無二話，不監視盤問我，那麼我或許會愛您的。」

「我全按您的意思辦！」

「可是，我有言在先，我要自由自在、無拘無束，想幹嘛就幹嘛，我不會向您一一彙報我的生活情況的。很久以來我一直在物色一個年輕的情人，他隨我擺佈，一往情深，完全相信我，只要愛情不求權利。但我一直沒有找到。男人們就是這樣，一旦得到眼巴巴期望得到的東西，時間長了，他們非但不會感到滿足，反而要求他們的情婦把過去、現在，以至未來的情況講清。待他們漸漸熟悉情婦之後，便想控制她。給了他們所需要的一切之後，他們愈發得寸進尺。要是現在我打定主意再找一個情人的話，我希望他具備三項稀有的品質：就是他要信任人、服從和謹慎。」

「好吧，您要怎樣我都照辦。」

「我們以後再看吧。」

「什麼時候？」

「再過段時間。」

「為什麼呢？」

「因為，」瑪格麗特一邊說，一邊掙脫我的懷抱，摘了一朵早上剛送來的紅茶花，插在我的紐扣孔裡，「因為條約不會在簽字當天就生效的。」

這是很容易理解的。

「那麼，我何時能再見到您呢？」我邊說邊把她緊緊摟在懷裡。

「當這朵茶花改變顏色的時候。」

「那它什麼時候才會改變顏色呢？」

「明天晚上，半夜十一點到午夜之間。您高興了吧？」

「這還用問嗎？」

「不論是您的朋友、甫麗苔絲，還是別的人，都要閉口不談。」

「我答應您。」

「現在，吻我一下，然後我們就一起回餐廳去吧。」

她的嘴唇向我貼近，隨後重新將頭髮捋平。當我們走出這個房間時，她唱著歌，而我呢，有點瘋瘋癲癲。

走進客廳時，她站住了，悄聲對我說：

「我看起來一副立刻接受您的青睞的模樣，您會感覺有些意外吧？您知道這是為何嗎？」

「這是因為，」她繼續喃喃地說，緊緊握住我的手壓在她的胸口上，我覺得她的心在撲騰撲騰地跳動，「這是因為，和別人比我活的時間不長了，我決心抓緊時間生活。」

「不要再跟我說這樣的話了，我懇求您。」

「哦！您放心吧，」她邊笑邊繼續說，「就算我活不了多久，也會活得比您愛我更久。」

她唱著歌走進了餐廳。

「拉尼娜去哪兒了？」她看到只有嘉斯多和甫麗苔絲，於是問道。

「她在您的房間裡打盹呢，等著侍奉您上床睡覺呢。」甫麗苔絲回答。

「真是可憐的女人！累壞她了。好啦，先生們，請便吧，時候不早了。」

十分鐘以後，嘉斯多和我告辭出來。瑪格麗特和我握手道別，甫麗苔絲留下了。

「喂，」出去以後，嘉斯多問我，「您覺得瑪格麗特如何？」

「她是個天使，我真為她神魂顛倒了。」

「我早就料到了。這表白的話您對她說了嗎？」

「說了。」

「她對您說相信您了嗎？」

「沒有。」

「甫麗苔絲可不一樣。」

「她答應您了嗎？」

「比答應更進一步，親愛的！您簡直難以相信，她風韻猶存吶，這個胖乎乎的托維奴瓦！」

chapter 11
鍾情

故事講述到這裡，奧爾馬停住了。

「請您關上窗子好嗎？」他對我說，「我覺得有點冷。您把窗關上，我想躺一下。」

我關上窗子。奧爾馬的身體仍舊十分虛弱，他脫去便袍，躺倒在床上，把頭靠在枕頭上歇了一陣兒，神情就像歷經過長途跋涉而精疲力竭的人，又像一個因為痛苦的往事而激動不安的人。

「您也許說得太多了，」我安慰他，「我還是告辭，讓您睡覺好嗎？改天再洗耳恭聽故事的結局。」

「您覺得我講的故事無聊嗎？」

「正好相反。」

「那麼我就接著講。如果您撇下我獨自一人，我也睡不著。」

當我回到家之後——他又繼續說，不用深思熟慮，所有細節都歷歷在目——我沒有睡，開始思索這一天發生的事情。與瑪格麗特的相見、介紹，她對我許下的承諾，這一切都是突如其來，讓我始料不及，有時我還以為是在做夢呢。可是，一個男人向瑪格麗特提出要求，她答應在第二天滿足他，這也不是破天荒第一次。

我這樣思索是徒勞的，我未來的情婦給我留下的最初印象十分深刻，始終縈繞在腦海。我固執己見，認為她和其他的女人不一樣。我和所有男人的虛榮心一樣更傾向於相信她對我就像我對她那樣一見鍾情。

可是我又看到一些互相矛盾的情況。我經常聽別人說，瑪格麗特的愛情像商品一樣，價格也隨著季節的變化而漲落。

可是另一方面，她不斷地拒絕我們在她家遇到的那個年輕伯爵的要求，這件事跟她的壞名聲之間又能做何解釋呢？也許您會對我說，她不喜歡伯爵，因為她有公爵供養，生活奢華。即便她要再找一個情人，她也寧願愛上一個討她喜歡的人。那麼，為什麼她不要英俊、風趣、富有的嘉斯多，卻要喜歡我呢？何況我們第一次見面時，她還覺得我非常可笑呢。

不錯，有時一分鐘內發生的事，比一年的苦苦追求更起作用。

在吃宵夜的那些人當中，只有我為她離席而感到焦急不安。我跟在她後面，激動得不能自已，無法掩飾。當我吻她的手的時候，淚水漣漣。這種情況，再加上在她患病的兩個月裡，我每天都去探問她的病情，終於使她發現了我的與眾不同。也許她心裡思量著，對於這樣一個真心表達愛情的人，她完全可以一如既往，她已經幹過那麼多次，這種事對她已經無足輕重了。

正如您看到的一樣，所有這些設想都是相當可能的。可是，不管她為什麼同意，有一點是可以確信無疑的，那就是她已經同意了。

我始終鍾情於瑪格麗特，我即將得到她，我絕對不能對她有進一步的苛求了。可是我對您再強調一遍，雖然她是受人供養的交際花，可能我把她詩意化了，我以前還覺得這份愛情毫無希望，因此，越臨近這個希望即將實現的時刻，我就越是狐疑滿腹。

我一夜沒有合眼。

失魂落魄，如癡似呆。我時而覺得自己還不夠漂亮，不夠富有，不夠風度翩翩，不配擁有如此一個女人；時而一想到能佔有她，便沾沾自喜。接著我又害怕瑪格麗特不過是在逢場作戲，對我不過只有幾天的熱情。我預感到關係很快就會破裂，結局悲慘。我心想，晚上也許最好不去她家，我把我的擔心寫信告訴她，然後就遠走高飛。隨後，我又產生無限的希望和無比的信心。我做著對未來難以置信的美夢。我心想這個女子因為我而治癒了肉體和精神上的疾病，我會和她白頭偕老，她的愛情比最純潔無瑕的愛情更讓我感到幸福。

總之，我無法向您複述我從心頭湧向腦海的千思萬緒。但天亮的時候，我睡著了，思緒也在朦朧中逐漸消失了。

我睡醒時已經是下午兩點了。風和日麗，我從來沒有覺得生活如此美好過。昨夜的情景一幕幕浮現在我的腦海中，而且我滿心希望著今晚的見面。我匆匆穿好衣服。心情愉快，能做出任何壯舉。我的心因快樂和愛情而不時地怦然亂跳。燃燒的柔情，使我心潮澎湃。我入睡前的千思百慮，現在全不放在心上了。我看到的只有好結果，只想著我該再見到瑪格麗特的時刻。

我無法在家裡待下去。我感到自己的房間太狹小，容納不了我的幸福，我要向大自然傾吐衷腸。

我離開家來到安泰街。瑪格麗特的雙座四輪轎式馬車停在她家門口等候。我朝香榭麗舍大街方向走去。凡是我所遇到的行人，即便是我不認識的，我都倍感親切！

愛情讓一切變得多麼美好啊！

我在瑪爾利石馬群像[24]和圓形廣場之間漫步了一個小時，我遠遠看見瑪格麗特的車子，我不是認出來的，而是猜測到的。

在轉向香榭麗舍大街的拐角的時候，她讓車子停下。一個魁梧高大的年輕人離開了正在談話的人群，迎上去跟她交談。

他們聊了一會兒，年輕人又回到他那些朋友中間去了，馬車繼續向前走，我靠近那群人，認出剛才和瑪格麗特聊天的人正是德・G伯爵。我以前見過他的肖像，甫麗苔絲告訴過我，瑪格麗特今日的地位就是他捧出來的。

昨天晚上，瑪格麗特就是吩咐不讓他進來。我設想她剛才停下馬車，是為了向他解釋昨晚不讓他進來的原因。希望她同時能找到新的藉口，今天晚上也不接待他。

我不知道白天其他的時間是怎麼過的。我走啊走、抽菸、聊天，但是，到了晚上十點鐘，我一點兒也記不清我遇到過什麼人，說了些什麼話。

24. 此雕像原本安置在巴黎附近的瑪爾利，為著名雕塑家古斯圖的作品，後來移至香榭麗舍大街協和廣場的入口。

我所能記得清的是：我回到家裡，花了三小時的時間打扮，看了許多次我的掛鐘和錶，不幸的是，它們走得分秒不差。

當十點半的時鐘敲響時，我心想該出門赴約啦！

那時我住在普羅旺斯街。我沿著勃朗峰街往前走，穿過林蔭大道，經過路易大帝街、馬洪港街，最後到了安泰街。我看著瑪格麗特的窗戶。

屋裡面有燈光。我拉響了門鈴。

我問門房，戈迪爾小姐在家嗎？

他回答我，她在十一點鐘或者十一點一刻之前從來不會回來。

我看了看錶。原以為自己走得慢吞吞的，其實從普羅旺斯街走到瑪格麗特家，只用了五分鐘。

於是，我就在這條沒有店鋪，此刻已悄無人煙的街道上徘徊。

半小時以後，瑪格麗特回來了。她從馬車上下來，環顧四周，就像在找什麼人一樣。

馬車緩緩地走了，因為馬廄和車庫並不在這座房子裡面。當瑪格麗特正要拉鈴的時候，我走上前對她說：

「晚上好，小姐。」

「啊！是您？」她有點驚訝地說，語氣似乎透露出惴惴不安。

「您不是已經答應讓我今天來拜訪您嗎？」

「不錯，我倒忘記了。」

這句話把我早上的千思百慮和白天的希冀都推翻了。不過，我已經習慣了她這種待人接物的態度，我沒有轉身一走了之，如果在以前，我肯定會這麼做的。

我們進了門。拉尼娜已經提前把門打開。

「甫麗苔絲回來了沒有？」瑪格麗特問道。

「還沒有，夫人。」

「去跟她說一聲，讓她一回來就到這兒來。先把客廳裡的燈熄滅，如果有人來，就說我不在，而且今天也不回家了。」

顯然，這個女人在忙於某件事情，大概是厭倦了一個討厭的人。我簡直茫然不知所措，也不知道說什麼話才好。瑪格麗特向臥室那邊走去，我待在原地。

「來吧！」她對我說。

她脫掉帽子和絲絨外套，隨手扔在床上，然後跌坐在壁爐旁的一張大扶手椅裡。她吩咐這只爐子裡的火要一直生到夏初。她邊撫弄著錶鏈邊對我說：

「喂，有什麼新鮮事要告訴我？」

「什麼也沒有，除了我今晚不該來。」

「為什麼？」

「因為您好像不高興，我一定讓您感到厭煩了。」

「我沒有厭煩您，只不過因為我不舒服，整天都難受。昨晚我沒睡好，頭疼得厲害。」

「那麼我就告辭了，讓您睡個好覺，好不好？」

「哦！您可以留在這裡，如果我想睡覺，當著您的面我一樣可以睡。」

這會兒有人拉鈴。

「還會有誰來呢？」她說道，做出一個不耐煩的動作。

過一會兒，門鈴又響了。

「看來沒有人去開門，還得我自己去。」

她站了起來，對我說：

「您在這裡等著。」

她穿過套房，我聽到門開的聲音，我聆聽著。

她給開門的人在餐廳停住腳步。他一開口，我就聽出是德·N伯爵的聲音。

「今晚您身體如何？」他關切地問道。

「不好。」瑪格麗特生硬地回答說。

「我打攪您了嗎？」

「或許吧。」

「您怎麼這樣對待我！我哪兒把您得罪了，親愛的瑪格麗特？」

「親愛的朋友，您哪兒都沒有得罪我。我不舒服，我需要睡覺，所以，您告辭的話會令我很愉快的。每天晚上我回來五分鐘就看到閣下光臨，這實在讓人頭疼。您想怎麼樣？要我做您的情人嗎？那我已經對您說過一百遍了，不行。我非常討厭您，您另做打算吧！今天我和您講最後一遍，我不願意接受您，就這樣說定了。再見！哦，拉尼娜回來了，她會為您照亮的，晚安！」

於是，瑪格麗特沒有再多說一句話，也不聽年輕人期期艾艾的嘮叨。她轉過身回到臥室，又「呯」的一聲把門關上，緊接著拉尼娜又立刻從這扇門走了進來。

「你給我聽著，」瑪格麗特對她說，「以後這個傻瓜要是再來，你就每次都對他說，我不在家，或者說我不想接待他。有些人總是來跟我提出同樣的要求，他們為我付錢，就自認為跟我算清帳了，不斷看到這些人，我實在煩透了。要是那些想要操我們這種賣笑生涯的女人們清楚這是怎麼回事，她們會寧願去做女傭。可是不行啊！想要擁有華貴的衣裙、馬車和鑽石的虛榮心把我們拖向火坑。我們聽信了別人的話，因為賣笑也有它的諾言。因此我們就逐漸地消耗掉我們的心靈，肉體和姿色。我們像野獸似的讓人懼怕，像賤民一樣被人蔑視，包圍著我們的都是一些貪得無厭給得少拿得多的人。有朝一日我們總會在毀滅別人又自我毀滅之後，像狗那樣悄無聲息地死去。」

「得了，夫人，您平靜一下，」拉尼娜說，「您今天晚上神經太興奮了。」

「我穿這件連衣裙不舒服，」瑪格麗特接著說，一邊把胸衣的搭扣拉開，「給我一件浴衣。噯，甫麗苔絲呢？」

「她還沒有回來，不過，她一回來，就會有人讓她到這邊來的。」

「您看，這裡又有一位，」瑪格麗特接著說，一面脫掉連衣裙，換上一件白色浴衣，「她用得著我的時候就來找我，可是又不肯真心真意地幫我一次忙。她知道我今晚在等待回覆，我需要知道這個答覆，我等得焦急不安。我敢說她肯定把我的事拋諸腦後，去東顛西跑了。」

「或許她被人留住了。」

「給我們上帕趣酒。」

「這會讓您更傷身體的。」拉尼娜勸她。

「那樣反倒更好。再給我拿些水果、餡餅來，或者一隻雞翅，隨便什麼東西，快一點拿來，我餓了。」

不消說這個場面所留給我的印象，您完全可以猜得出，是嗎？

「待會兒我們一起去吃宵夜，」她對我說，「在這之前您先拿本書看看，我要去一下梳妝室。」

她點亮幾支枝形燭台上的蠟燭，打開床腳旁邊的一扇門，走了進去。

至於我，則開始思考這個女子的生活，或許是出於憐憫我對她更鍾情了。

我一邊思索，一邊不停地在房間裡來回走動，這當兒甫麗苔絲進來了。

「啊，您在這裡？」她有點驚訝，「瑪格麗特在哪兒？」

「在梳妝室裡。」

「那我等她吧。喂，她覺得您很讓人著迷，知道嗎？」

「不知道。」

「她沒有和您說過嗎？」

「一點沒有。」

「那您怎麼會在這裡？」

「我來看望她。」

「深更半夜？」

「不可以嗎？」

「笑話！」

「她待我並不好。」

「她馬上會對您好的。」

「當真嗎？」

「我給她帶來一個好消息。」

「那倒很不錯。這麼說，她對您談過我嗎？」

「昨天晚上，不，準確說應該是今天早上，在您和您的朋友走了以後……對了，您的朋友怎麼樣？他是叫嘉斯多吧？」

「是的。」我回答，想到嘉斯多透露給我的悄悄話，又看到甫麗苔絲幾乎連他的名字都不知道，我就忍不住想笑。

「這個小夥子很可愛，他是幹嘛的？」

「他有兩萬五千法郎的年收入。」

「啊！當真嗎！好吧，現在還是來說說您的事，瑪格麗特向我打聽您的情況。她問我您是什麼人？幹過什麼事？有過哪些情婦？總之，對於您這樣年齡的人，凡是能打聽的都打聽了。我把我知道的情況全向她和盤托出了，還加了一句，您是一個讓人著迷的小夥子，就這些。」

「謝謝您！現在，請您告訴我，昨天她託付您什麼事？」

「沒托什麼事，她只是說讓我把伯爵攆走，不過今天她讓我辦一件事，今天晚上我就是來給她回覆的。」

說到這裡，瑪格麗特走出梳妝室，嫵媚地戴著一頂睡帽，帽子裝飾著一條黃色緞帶，專業術語叫做甘藍形緞結。她這樣打扮非常迷人。

「喂，」她看到甫麗苔絲，便問到，「您看到公爵了嗎？」

「當然嘍！」

「他怎麼對您說的？」

「他給我了。」

「多少？」

「六千。」

「您帶在身上嗎？」

「在。」

「他是不是有些不高興？」

「沒有。」

「可憐的人啊！」

這句「可憐的人！」說出來的口氣真是叫人難以形容。瑪格麗特接過六張一千法郎的鈔票。

「來得正是時候，」她說道，「親愛的甫麗苔絲，您要用錢嗎？」

「您知道，我的孩子，再過兩天就十五號了，要是您能借給我三四百法郎，您就幫了我的大忙了！」

「明天上午叫人送去吧，現在去換錢太晚了。」

「可別忘了呀。」

「您放心吧。您和我們一起吃宵夜嗎？」

「不了，沙爾在家等著我呢。」

「您一直迷戀著他嗎？」

「神魂顛倒呢，親愛的！明天見！再見，奧爾馬。」

托維奴瓦太太走了。

瑪格麗特打開她的多層抽屜，把鈔票往裡一塞。

「對不起，我要躺下了！」她微笑著說，一面朝她的床走去。

「我不僅允許，並且請求您這麼做。」

她把鑲著鏤空花邊的床罩翻到床腳，躺了下來。

「現在，」她慢慢說，「過來坐在我身邊，我們聊一聊。」

甫麗苔絲說得對，她捎來的回覆使瑪格麗特開心起來。

「今晚我脾氣不好，您能原諒我嗎？」她握著我的手說。

「無論什麼事我都會原諒您的。」

「您真愛我嗎？」

「愛得發瘋發狂。」

「我的脾氣很壞，也不顧嗎？」

「一切都不顧。」

「您對我發誓！」

「我發誓！」我柔聲地對她說。

這會兒拉尼娜進來了，端過來幾只盤子，一隻熟雞，一瓶波爾多葡萄酒，一盤草莓和兩副刀叉餐具。

「我沒有吩咐給您調帕趣酒，」拉尼娜說，「波爾多更適合您。對嗎，先生？」

「當然。」我回答，我聽了剛才瑪格麗特跟我說的話，正激動不已，目光直愣愣地凝視著她。

「好吧，」她說，「把東西全放在小茶几上，移到床前，我們自己來。你連續熬了三個晚上了，一定很睏，你去睡吧。這不需要你做什麼了。」

「要把兩道鎖都鎖上嗎？」

「當然要的！特別吩咐一下，明天中午以前別讓任何人進來。」

chapter 12

交際花的愛情

清晨五點鐘，當晨曦透過窗簾照進來的時候，瑪格麗特對我說：

「請原諒，我要趕你走了，不過必須這樣。因為公爵每天早上都會來，他來的時候，傭人會對他說：我還在睡覺，說不定他會一直等到我醒來。」

我把瑪格麗特的腦袋捧在手裡，她凌亂的頭髮垂落下來。我最後吻了她一下，對她說：「我什麼時候能再見到你？」

「聽著，」她回答，「你拿壁爐上那把金色的小鑰匙，去打開這扇門，然後把鑰匙拿回來，你就可以走了。白天你會收到我的一封信和我的囑咐，因為你知道你應該盲目地順從我。」

「是的，但如果我先跟您要件東西呢？」

「究竟要什麼？」

「請將這把鑰匙留給我。」

「您要的這件東西，我從來沒給過任何人。」

「那麼，就答應給我吧！因為我向你起誓，我愛你的方式跟別人不一樣。」

「好吧，你留著吧！可是我有言在先，這把鑰匙對你來說是不是有用，完全取決於我。」

「為什麼？」

「因為門裡還有插銷。」

「真可惡！」

「我會讓人把插銷取下來。」

「這麼說你真有點兒愛我啦？」

「我不知道是怎麼回事，但我感覺確實如此。現在你趕快走吧。我很睏。」

我們緊緊地擁抱了一會兒，然後我就離開了。

街上空空蕩蕩的沒有一個人，這座大城市還在酣睡中，一陣陣沁人心脾的微風輕拂過這片街區，再過幾個小時，這兒就要人聲鼎沸了。

我總覺得這座沉睡未醒的城市是我的，我在記憶中搜索著曾經羨慕過的交桃花運的人的名字，可我怎麼也想不出有哪個比我更有豔福。

得到一個聖潔少女的愛情，第一個吐露愛情的奧秘給她，當然，這是無上的幸福，但是，這也是世上最平常不過的事。贏得一顆還不習慣情人進攻的心，就如同進入沒有設防的開放的城市。教育、責任感和家庭都是無比機警的哨兵，不過，警惕性再高的哨兵，都無法防住一個二八少女的欺騙。造化通過她心愛的男人的聲音，對她提出初戀的主意時，這些主意越是純潔無邪，它們就越來勢洶洶。

少女越相信人的善良，就越容易失身，若不是失身於情人，至少會沉湎於愛情。因為她毫不懷疑就如同失去了力量。得到這樣一個少女的愛情，雖然是一種勝利，但這種勝利是任何二十五歲的男子都唾手可得的。這是千真萬確的，因此，你看這些少女周圍都草木皆兵，戒備森嚴！修道院的圍牆還不夠高，母親們的鎖還不夠嚴，宗教所規定的職責還不夠持久，都不足以把這些讓人著迷的小鳥們關在籠子裡。人們甚至不用費勁地用鮮花去誘惑關在籠中的小鳥。因此，這些女子該多麼嚮往別人遮蓋住的那個世界啊！她們該多麼相信這個世界的美好啊！當她們隔著鐵柵欄，第一次聽到有人告訴她們愛情的奧秘時，該是多屏息凝神啊！對於第一次揭開神秘紗幕一角的那隻手，她們該怎樣賜給它祝福啊！

但是想要真正得到一位交際花的愛情，那是困難得多的幸福。她們的肉慾把靈魂腐蝕了，感官享受把心靈灼傷了，放縱的生活排除了多愁善感。別人對她們說的話，她們早就聽膩了；別人使用的手段，她們非常熟悉；她令別人生出的愛情本身，已經被她們出賣了。她們的愛只是出於職業所需，卻不是因為衝動。她們出於算計而防範周密，遠遠超過一個處女被她的母親和修道院看守之嚴。所以，她們把那些不在交易範圍內的愛情叫做逢場作戲，她們不時過過癮，或者當做休憩、當做藉口，或者當做安慰。她們活像那些高利貸者，成百上千的人被他們剝削，有一天他借了二十法郎給一個快要餓死的窮鬼卻不要他付利息，也沒有要他寫借據，就自以為前愆贖清了。

另外，當上帝允許一個妓女萌生愛情的時候，這種愛情起初彷彿是一種寬恕，可後來幾乎就變成了對她的一種懲罰。沒有懺悔就談不上寬恕。一個女人深深譴責自己的過去時，突然感覺自己產生了一種真誠的、深沉的、不能遏止的愛情。她一直覺得自己不可能擁有愛情，當她把它坦露出來的時候，她的心上人就會左右她！他自認為很了不起，擁有權利殘酷地對她說：「您為愛情所做的如同您為了金錢所做的一樣。」

這時候，她們真不知道如何來表明自己的心跡。有一則寓言說道，一個孩子想讓農夫被打攪，在地裡長時間叫道：「救命啊！」這麼來鬧著玩。有一天熊真的把他吞掉了，而那些經常受他騙的農夫這次卻不相信他真正的呼救聲。這就和那些可憐的妓女認真戀愛的時候一樣。她們的說謊次數太多了，以至於別人不再相信她們了，因此她悔恨莫及，銷蝕在愛情之中。

因此，會產生一種忠貞不貳、認真從良的妓女，這種情況已有先例。

只要引起這種贖罪的愛情的男子有一顆寬宏的心，願意接受她，而不去追究她的往昔，只要他投身於愛情之中。總之，只要他像她愛他一樣付出同樣的愛，這個人頓時就享盡人間所有的激情了。經歷了這次愛情之後，他的心扉再也不會為別人打開了。

這些想法並不是在我回家的那天早上，縈繞在我腦海裡的。它們大概只是我對後來遭遇的一些預感而已，雖然我愛上了瑪格麗特，卻沒有看出相似的後果。今天我才做出這樣的思考。一切都已經無法挽回地結束了，這些思考自然而然源自發生過的事。

現在還是言歸正傳回到我們這次交往的第一天來吧！當我回到家之後，真是欣喜若狂。想到我原來設想的豎在瑪格麗特和我之間的屏障已經消除，想到我已經得到她，想到我佔有她腦海裡的一定地位，想到她家的鑰匙在我的口袋裡，我感到非常心滿意足，躊躇滿志，我熱愛把這一切賜給我的上帝。

一天，一個年輕人走過一條街，一個女人和他擦肩而過，他看了看她，然後轉身走了。他不認識這個女人。她有自己的喜怒哀樂，跟他毫不相關。於她而言，他不存在。如果他和她搭訕，她大概會像瑪格麗特嘲弄我一樣地嘲笑他。幾個星期，幾個月，甚至幾年就這樣一晃而過。突然，在他們按不同的生命軌跡向前走的時候，機緣巧合，他們相遇了。這兩個年輕人從此就相愛了，難分難捨，這是怎麼回事？又是為什麼？一旦他們的生活合而為一，這種感情就彷彿一直存在，全部往事都從兩個情人的記憶中消失了。我們承認這是不可思議的。

至於我呢，我再也記不清今晚之前我是怎麼生活的。一想起今晚我倆的談話，我全身都熱血沸騰。要麼是瑪格麗特善於騙人，要麼就是她對我有一種突如其來的激情，這種激情在第一次接吻時就顯示出來了。雖然如此，有時它又會像它產生時那樣迅速消失。

我越思考越覺得瑪格麗特沒有理由來假裝愛我。我還想，女人有兩種戀愛的方式，這兩種方式可以互為因果：要麼用心靈去愛，要麼用感官去愛。一個女人挑上一個情人，通常是聽從感官的慾望，而且她出乎意料地知道了超越肉慾愛情的奧妙，便只憑愛情來生活。一個女人通常只在婚姻中尋找雙方純潔愛情的結合，後來才受到肉慾愛情的突然襲擊，也就是精神上最聖潔的感受最有力的結果。

我在思考中睡著了。瑪格麗特的來信喚醒了我，信裡這樣寫著：

這是我的吩咐：今晚在沃德維爾劇院見面。請在第三次幕間休息時來找我。

瑪．戈

我把這封短箋放到抽屜裡鎖了起來。我有時很多疑，一旦發生意外，我手裡能有真憑實據。

她沒有叫我白天去看她，我也不敢貿然去她家裡。但是我非常想在傍晚之前就見到她，於是我來到香榭麗舍大街。和昨天一樣，我在那兒看到她經過，並在那裡下了馬車。

七點鐘，我就到了沃德維爾劇院，我從未這麼早去過劇院。

全部包廂都陸續地坐滿了人，只有一個包廂是空著的：底層舞台旁的包廂。

第三幕開始的時候，我聽見那個包廂裡開門的聲音，我的目光幾乎不曾離開地盯著那個包廂。瑪格麗特出現了。

她隨即走到包廂前，在正廳前座搜尋著，看到我之後，用目光向我表示謝意。

這天晚上她美若天仙！

她是為了我才這樣盛裝打扮的嗎？難道她已經愛我到了這地步，認為她越讓我覺得漂亮，我就越加幸福嗎？這一點我還不清楚。但是，如果她確實這樣想的話，那麼，她成功了。因為她剛一出現，觀眾的腦袋便起伏不定，紛紛轉向她，連舞台上的演員也望向她，因為她一露面便讓觀眾們傾倒。

而我身上卻揣著這個女人家裡的鑰匙，再有三四個小時，她又屬於我了。

人們譴責那些為了女伶和妓女而傾家蕩產的人，令我奇怪的是，他們為什麼沒有為這些女人做出荒唐得多的舉動呢。必須要和我一樣投入到這種生活中，才能瞭解到，她們每天允許情人有小小的虛榮心，這種虛榮心強有力地聯結著情人心中對她們的愛情——因為我找不到其他字眼。

隨即甫麗苔絲也在包廂坐下，另外有一個男人坐在包廂後面，我認出是德・G伯爵。

一看到他，我感到一陣冰涼掠過我的心房。

不消說，瑪格麗特一定發覺了這個男人的出現影響了我的心情，因此她又對我笑了笑，然後背對著伯爵，彷彿在專心致志看戲一般。到了第三次幕間休息時，她轉回身去和伯爵說了兩句話。伯爵起身出了包廂，於是瑪格麗特向我做手勢，示意我過去看她。

「晚安。」我進去時她和我說，並且向我伸出了手。

「晚安。」我對瑪格麗特和甫麗苔絲說。

「請坐。」

「我會占了別人的座位的，德・G伯爵不回來了嗎？」

「要回來，我打發他買糖果去了。好讓我們可以單獨聊一會兒。托維奴瓦太太是可靠的。」

「是的，我的孩子們，」托維奴瓦太太笑著說，「放心好了，我一定會守口如瓶的。」

「今晚您怎麼啦？」瑪格麗特說，她站起身，走到包廂的暗處抱起並吻了我的額角。

「我有點不舒服。」

「您應該去睡覺。」她說，她那嘲諷的神色和她那聰明乖巧的腦袋極為相配。

「到哪兒睡？」

「睡您自己家啊！」

「您很明白我在家裡是無法入睡的。」

「那麼您就不該為有個男人在我的包廂裡，就給我臉色。」

「不是為了這個原因。」

「恰恰相反，我一眼就看出來了，而您做錯了。因此，我們撇開這些吧。散場後您到甫麗苔絲家裡去，待到我叫您為止。聽明白了嗎？」

「明白了。」

我能不服從嗎？

「您始終愛我嗎？」她輕聲問。

「這難道還用問嗎！」

「您想我了嗎？」

「整天都想。」

「我擔心確實愛上您了，您不知道嗎？還是去問甫麗苔絲吧。」

「啊！」胖女人回答，「真是煩死人了。」

「那好，乖乖回到自己的座位上去吧。伯爵一會兒就回來了，不需要讓他在這兒和您相遇。」

「為什麼？」

「因為您看見他心裡不高興。」

「不會。不過，要是您早點和我說今晚要到沃德維爾劇院來，我也會和他一樣，把這個包廂的票送過去的。」

「可惜的是，我並未向他要票，他就給我送來了，還提出要陪我來。您明白，我無法拒絕。所以，我能夠做的就是寫信告訴您我要去哪兒，讓您可以見到我。因為我自己也很樂意早點再看到您。既然您是這麼來感謝我的，我就記住這次的教訓了。」

「您原諒我吧，我錯了。」

「那就好，乖乖地回到您的座位上去，尤其是不要吃醋了。」

她再次擁吻了我，我走了出去。

在走廊裡，我遇到了回來的伯爵。我回到了自己的座位上。

其實，德・G伯爵出現在瑪格麗特的包廂裡，是一件最普通不過的事。他曾經是她的情人，給她送來一張包廂票，陪她去看戲，這一切都是非常自然的事。既然我願意瑪格麗特這樣的女子做我的情婦，我就必須容忍她的習慣。

在當晚剩下的時間裡，我依然覺得很不好受。在看到甫麗苔絲、伯爵和瑪格麗特登上等候在劇院門口的敞篷四輪馬車後，我也悶悶不樂地離開了。

但是，一刻鐘之後，我便來到甫麗苔絲家裡。她也剛好回來。

chapter 13 甫麗苔絲的大道理

「您來得幾乎和我們一樣快。」甫麗苔絲對我說。

「是的，」我不假思索地回答，「瑪格麗特在哪裡？」

「在家裡。」

「獨自一個人嗎？」

「跟德・G伯爵在一起。」

我在客廳裡來回走動著。

「喂，您怎麼了？」

「您覺得我在這裡等著德・G伯爵從瑪格麗特家裡出來很有趣嗎？」

「您未免太不講情理了。您要知道瑪格麗特根本不能攆伯爵出去。德・G先生跟她來往已經很久了，他一直給她許多錢，並且眼下還在給她錢。瑪格麗特每年花費在十萬法郎以上，她欠了許多債。只要她開口，公爵總能立刻給她送錢來，但是她不敢總是要公爵負擔全部開銷。伯爵每年給她至少一萬法郎，她不應該和他鬧翻。瑪格麗特深愛著您，親愛的朋友。但是您和她的關係，從你們倆的利益角度出發，不應該看得那麼認真。您那七八千法郎的生活費，完全不夠這女人揮霍的，連維持她的車馬費都不夠。還是讓瑪格麗特保持原樣，您把她看作一個聰明美麗的好女子，做她一兩個月的情人，給她送鮮花、糖果和包廂票等等。其他的事您就少操心啦，別再跟她爭吵，不要可笑地爭風吃醋。您很清楚是在和誰打交道，瑪格麗特不是什麼貞潔少女。她很喜歡您，您也非常愛她，其他的事就不用您擔心了。我覺得您這樣敏感易怒是很可愛的！您的情婦是全巴黎最最討人喜歡的女人！她在富麗堂皇的公寓裡接待您。她渾身珠光寶氣，只要您願意，她並不花您一個銅子兒，而您還不高興呢。真見鬼！您要求也太苛刻了。」

「您說得對，可是我身不由己，一想到這個人是她的情夫，我心裡就彆扭得要命。」

「首先，」甫麗苔絲繼續說，「他現在還是她的情人嗎？這個人她還用得著，僅此而已。

「兩天以來，她一直把他拒之門外。今天早上他過來，她沒有其他辦法，只能接受他的包廂票，讓他陪著去看戲。然後又送她回家，上樓到她家裡坐了一會兒，他不會多留在那兒的，因為您在這兒等著。依我看，這一切都合情合理。再說，您不是也接受了公爵的存在嗎？」

「是的，但是公爵是個老頭兒，我肯定瑪格麗特不是他的情婦。何況，一般人也只能容忍一種這樣的關係，卻不能容忍兩種。這種行為簡直就像一種算計，同意這麼做的男人，就算是為了愛情，也更近乎那些更低級的，用這種默許的方法來謀生得利的人。」

「啊！親愛的，您可真老土！我見過多少人，而且很多都是最高貴、最富有、最瀟灑的人，他們都在做我勸您做的事。況且這麼做不費什麼力氣，用不著內疚和羞恥！這種事是司空見慣的。在巴黎，受人供養的女人如果不是同時擁有三四個情人的話，您讓她們怎麼維持豪華的排場呢？不管是誰有多少巨額的家產都無法獨自承擔像瑪格莉特那樣一個女子的花費。五十萬法郎的年收入，在法國就算得上是一個大財主了。喂，親愛的朋友，有五十萬年收入都應付不了的，這是因為：一個有這樣一筆進賬的男人，總有一座設備齊全的住宅、一些馬匹、僕人、馬車，還要打獵，應酬朋友。他往往結了婚，有了幾個孩子，要賽馬、賭錢、旅行，誰知道他還要做些什麼！所有這些生活習慣已經根深蒂固，一旦改變，別人就會以為他破產了呢，流言蜚語就不脛而走。屈指算下來，即使有五十萬法郎年收入，他一年花在一個女人身上的錢不會超過四五萬法郎，而且這已經夠多了。那麼，這個女人就需要別的情人來彌補她每年的開支。瑪格麗特還更自在些，像上天顯靈似的，她遇上一個腰纏萬貫的老頭，他的妻子和女兒又都已經去世了，只剩下侄子和外甥，他們也很有錢。他對瑪格麗特有求必應，還不用任何回報，但是她每年最多也只能問他要七萬法郎，而且我敢肯定如果她向他要更多，儘管他有巨額財富，又對她十分癡迷，他也還是會拒絕她的。

「在巴黎，凡是有兩三萬法郎收入的年輕人，也就是說，那些只能勉強生活在他們所留戀的上層社會裡的人。如果他們做了像瑪格麗特這樣的女人的情夫，他們很明白，他們所出的錢連付她的房租和傭人的工資都不夠。他們不會對她說他們瞭解這種情況，他們假裝視而不見，當他們玩夠了之後，就一走了之。如果他們愛慕虛榮，想負擔所有開支，他們就會像個傻瓜似的傾家蕩產，還會在巴黎欠下十萬法郎的債務，最後逃去非洲送命。

「您認為那些女人會感激他們嗎？絲毫不會，相反，她們會說她們為他們犧牲了自己的身分，還說在他們相好時，她反而倒貼了許多錢。啊！您覺得這些婆婆媽媽的說法很可恥，對嗎？這些都確有其事。您是一個迷人的青年，我真心真意喜歡您。我在這些受人供養的女人中間生活了二十年，我知道她們是些怎樣的人，身價如何，我不想看到您把一個漂亮女子的逢場作戲當成真。

「再說，除此之外，」甫麗苔絲繼續說，「假如公爵發現了你們之間的私情，要她在您和他之間做出選擇。瑪格麗特會因為十分愛您而放棄伯爵和公爵，那麼她就為您做出了巨大的犧牲，這是毋庸置疑的。而您呢，當您感到厭煩了，終於不再需要她的時候，您能為她做同樣的犧牲嗎？您怎麼來賠償她為您蒙受的損失呢？什麼都沒有。您大概會把她和她那個圈子孤立起來，那個圈子有她的財產和前途。她可能把她的青春年華全給了您，而您卻把她遺忘得一乾二淨。

「如果您是一個粗俗的男人，那您就會撕開她過去的傷疤，當面侮辱她，您對她說您只不過和她其他情人一樣離開了她，撒手不管而讓她陷入悲慘的絕境。要是您是一位君子，覺得不得不把她留在身邊，那您就會陷入不幸的境地；因為這種關係對一個青年來說是可以原諒的，而對於一個成年人來說就完全不同了。

「這種客觀存在成為您一切事業的障礙，它不容於家庭，也使您喪失了雄心壯志，這些可謂男人的第二份，也是最終的愛情。因此，相信我的話，我的朋友，你要按事物的本來價值來衡量它們，是怎樣的女人就把她當怎樣的女人來對待。無論如何，也不要讓自己欠一個受人供養的女人的情分。」

這番話既精當，又富有邏輯，這讓我出乎意料。我沒料到甫麗苔絲有這般水準。我無言以對，只是覺得她言之有理。我伸手握住她的手，感謝她的忠告。

「得啦，得啦，」她笑笑，「丟開這些蹩腳的大道理吧，要對生活付之一笑。生活是美好的，親愛的，要看你透過什麼玻璃去觀察人生了。嗨，去問問您的朋友嘉斯多吧，他對愛情的理解就同我如出一轍。您應該相信的是，隔壁有一個漂亮的女子，正急不可耐地在等家裡的客人離開，她在惦記您，要和您度過良宵，她愛您，這點我深信不疑；如果您不信這些，您簡直成了一個平庸乏味的小夥子。現在，您和我一起站到窗口，我們看著伯爵離開，他會很快就走的。」

甫麗苔絲打開一扇窗子，我們並排倚靠在陽台上。她望著路上寥若晨星的行人，我則陷入了遐想。

聽了她剛才對我說的一番話，我的腦子裡嗡嗡直響。我必須承認，她說得非常有道理。但是，我對瑪格麗特的真摯愛情很難適應這番道理。所以我不時地長吁短歎，使得甫麗苔絲轉過身來看我，如同一個對病人束手無策的醫生一般聳聳肩膀。

「由於感覺倏忽即逝，」我心裡思忖，「人們發現生命多麼短暫啊！我認識瑪格麗特才不過兩天，她昨天才成為我的情婦，但她已經深深地銘刻在我的腦海、我的心和我的生命裡，因此這位德・G伯爵的拜訪對我簡直是一種不幸。」

伯爵終於出來了，登上自己的馬車，片刻便不見了蹤影。甫麗苔絲關上窗子。

與此同時瑪格麗特在叫我們了。

「過來吧，餐具已經擺好了，」她叫道，「我們馬上要吃宵夜了。」

我走進瑪格麗特家裡的時候，她向我奔過來，摟著我的脖子，使勁地吻我。

「我們還快快不樂嗎？」她問我。

「不，都過去了，」甫麗苔絲說，「我跟他講了一番道理，他答應要聽話了。」

「那太好了！」

我的目光不由自主地向床望去，床不是凌亂不堪的。而瑪格麗特，她已換上白色浴衣。

大家在餐桌邊入座。

嫵媚、溫柔、熱情，瑪格麗特兼而有之。我不能不時時提醒自己，我沒有權利再苛求她什麼了。任何人處在我的位置上都會感到無限的幸福，我就像維吉爾筆下的牧童一樣，享受一位天神，或者不如說一位女神賜給我的快樂。

我竭力按照甫麗苔絲的大道理去做，並且像我的兩個女伴那樣興高采烈。然而在她們身上自然而然的東西，在我身上卻要努力去做才行。我那神經質的笑幾乎和哭一樣，她們卻信以為真。

終於吃完了宵夜，只剩下我們兩個人。她像平常的習慣一樣走去坐在爐火前的地毯上，望著爐火若有所思。

她在凝想！想什麼呢？我不得而知。而我，我含情脈脈，幾乎還帶著恐懼地凝視著她，因為我想到自己準備為她忍受的痛苦。

「你知道我在想什麼嗎？」

「不知道。」

「我在想對策，我已經想出來了。」

「什麼對策？」

「眼下我還不能告訴你，但是我可以告訴你這件事情有什麼結果。那就是再過一個月我就自由了，我什麼也不要，我們可以一起去鄉下避暑。」

「您就不能告訴我您想的是什麼招兒嗎？」

「不能，只要你能像我愛你那樣愛我，一切便大功告成了。」

「那麼是您單獨行動嗎？」

「讓我獨自承受這份煩惱，」瑪格麗特微笑著對我說，這種微笑我永遠也不會忘記，「但是我們有福同享。」

聽到「有福同享」幾個字，我的臉不由得紅了，我想起了芒努・萊斯科同德・格里厄兩人一起，吞沒了德・B先生的錢財[25]。

我站起來，用稍帶生硬的語氣回答說：

「親愛的瑪格麗特，請您允許我也想一些辦法並參與其中，然後再有福同享。」

「這是什麼意思？」

「意思是說，我很懷疑，德・G伯爵先生在這個巧妙的辦法裡是您的合夥人。這個辦法我既不承擔責任，也不願意接受它的好處。」

「您真是個孩子。我還以為您愛我，看來我搞錯了，這很好。」

說到這裡，她站起身來，打開鋼琴開始彈奏《邀舞曲》，一直彈到她老是彈不下去的那段升半調為止。

不知道她是出於習慣呢，還是故意要讓我回想起我們相識的那天，我所知道的，就

25. 指《芒努・萊斯科》中芒努瞞著自己的情人與B先生交往，詐騙B先生的錢財供養她的情人的情節。

是這段旋律讓往事浮現在我的眼前。於是，我走近她，雙手捧住她的臉頰吻她。

「您可以原諒我嗎？」我滿心歉疚。

「您很清楚的，」她回答我，「請注意我們才來往兩天，而我已經有好幾件事要原諒您了。您說過要盲目順從，但總是無法兌現。」

「那你讓我有什麼辦法呢，瑪格麗特，我太愛您了，我對您任何細微的想法都要猜疑。您剛才向我提到的事讓我欣喜若狂，可實施計畫之前這麼神秘兮兮的，又使我的心都揪緊了。」

「喂，理智一點，」她說，同時握緊我的雙手，帶著一種使我無法抗拒的迷人微笑，凝視著我，「您愛我，對嗎？如果您同我兩個人在鄉下度過三四個月，您會感到很幸福的，我也一樣，能夠過幾天清靜生活，我會覺得很幸福。我不但會覺得幸福，而且這種生活對我的身體也有好處，我需要這份清靜。要離開巴黎這麼長時間，我總得把我的事情料理一下。像我這樣的女人，雜事總是很多。好吧，我會找到辦法安排好一切的，協調好我的事和我們的愛情。是的，對您的愛情，您別笑，我真是愛您愛到發瘋了！而您現在卻很神氣，您只要記著我愛您，別的什麼也不要管。您同意嗎，嗯？」

「只要是您想做的事，我都同意，這一點您很清楚的。」

「那麼，一個月之內，我們就可以去某個村莊，在河邊散步，喝鮮奶。我，瑪格麗特・戈迪爾說這樣的話，您可能會覺得很奇怪吧，我的朋友，巴黎的這種生活，看上去使我非常幸福，卻燃燒不起我的熱情，反而使我覺得厭煩。於是我突然很渴望過平靜的日子，這種日子會讓我回憶起我的童年。不管是誰，總有自己的一個童年時代，不管他後來會變成什麼樣。哦，放心吧！我不會和您說，我是一個退役上校的女兒，或者說我是在聖德尼[26]培養長大的。我是一個窮苦的農村女孩，六年前我連自己的名字都不會寫，您放心了吧。那麼為什麼我有生以來第一次說出要和人分享我的激情和快樂，而您是第一個聽到的人呢？毫無疑問，因為我看得出來您是因為我，而不是因為您自己才愛我的。而其他人，從來都是為了他們自己才愛我。

「我以前經常去鄉下，但從來沒有像這樣一心一意地想去。對這得來不費工夫的幸福，就全指望您了。因此，不要跟我鬧彆扭了，給我這種幸福吧。您要這樣想：她活不了多長了，她要求我做一件輕而易舉的事我都不答應她，我有朝一日會後悔莫及的。」

對這樣懇切的話我還有什麼好說的呢？尤其是當我還回味著第一夜的恩愛，盼望著

26.位於巴黎北部的一個小城，榮譽勳位團的女子學校建在那裡。

第二夜的來臨。

一小時以後，我把瑪格麗特摟在懷裡。那時即便她要我去犯罪，我也唯命是從。

早晨六點鐘我就離開了，在離開之前我對她說：

「今晚可以再見面嗎？」

她熱烈地擁吻我，可是一聲不吭。

白天，我收到一封信，信上寫著：

親愛的孩子：我有點兒不舒服，醫生吩咐我要多休息。今晚我也要早些睡，就不和您見面了。但是，為了補償您，明天中午我等您。我愛您。

我腦海裡冒出的第一句話是：「她在騙我！」

我的額頭上沁出一陣冷汗，因為我已經深深愛上這個女人，所以這個疑團讓我心煩意亂。

但是，我應該料想到，跟瑪格麗特在一起，這種事幾乎天天都會遇到。這種情況我以前和別的情人之間也常常出現，我並沒有把它放在心上。這個女人為什麼會對我的生活產生如此大的支配力呢？

於是，我想如同往常一樣去看望她，因為我有她家的鑰匙。這樣我很快就能知道真相，如果我遇上一個男人的話，我就摑他兩耳光。

我暫且先去香榭麗舍大街，在那徘徊了四個小時。她沒有出現。晚上，只要她常去的劇院我都去看了，哪一家劇院都沒有她的影子。

十一點鐘，我去了安泰街。

瑪格麗特家的窗子沒有燈光，我仍舊拉了門鈴。門房問我找誰。

「找戈迪爾小姐。」我說道。

「她還沒有回來。」

「那我上樓去等她。」

「她家裡沒有人。」

很顯然，這是一道禁令，但我可以硬闖，因為我有鑰匙。不過我擔心這樣做會可笑地大鬧一通，於是我走開了。

可是，我沒有回家，我不能離開這兒，我一直監視著瑪格麗特的家。我覺得還得打聽一些情況，或者至少要證實我的猜疑。

快到午夜，一輛我非常熟悉的雙座四輪轎式馬車在九號附近停了下來。德・G伯爵下了車，打發馬車走後，走了進去。

那一刻，我希望門房像告訴我一樣告訴他瑪格麗特不在家，希望看見他隨即出來。然而我一直等到凌晨四點鐘。

三個星期以來，我寢食難安，但是，和那一夜所受的煎熬比起來，簡直微不足道。

chapter 14

肆無忌憚的信

回家之後，我像個孩子一樣悲傷地哭泣起來。凡是受過哪怕一次這種欺騙的男人就不會不知道我有多痛苦難言。

在激憤中我下定決心，必須立刻斬斷這段愛情。我急不可耐地等待明天去預訂車票，回到我父親和妹妹身邊去，他們對我的愛是毫無疑問的，也決不會欺騙我。

但是我不願就這樣一走了之，而不讓瑪格麗特弄清楚我為什麼走。作為一個男人，只有跟他的情人恩斷義絕以後，才會不辭而別。

我在腦海裡翻來覆去的思考如何寫一封信。

我打交道的這位女子和一切妓女一樣，以前我太美化她了，而她則把我當小學生來看待。為了欺騙我，她要了一個拙劣的詭計來侮辱我，這是一目了然的。於是，我的自尊心占了上風，必須離開這個女人，還不能讓她知道這次決裂使我肝腸寸斷而自得其樂。我眼裡噙著因惱怒和痛苦湧出的淚水，用最挺秀的字體寫了下面這封信給她：

親愛的瑪格麗特：

但願昨天的微恙對您的身體沒有大礙。昨晚十一點鐘，我去您家打聽您的消息，門房說您還沒有回家。德．G先生比我幸運，因為在我之後不久他就去看您，直到凌晨四點鐘他還待在您家裡。

請原諒我使您度過一些煎熬的時間，不過請您確信，我沒齒難忘您賜給我的那些良宵。

今天我本來準備去打聽您的消息，但是我要回到我父親身邊了。

再見吧，親愛的瑪格麗特。我還不夠富有，可以隨心所欲地愛您，卻又不夠貧窮，像您所希望的那樣疼愛您。因此，讓我們忘卻吧，您忘掉一個對您來說無足輕重的名字，而我忘掉一種無法實現的幸福。

我把您的鑰匙奉還給您，我從沒有用過它。要是您經常像昨天那樣不舒服的話，這把鑰匙會對您有用的。您看到了，如果不肆無忌憚地嘲諷一下，我是沒有辦法結束這封信的，這就證明我心裡還是多麼一往情深呀。

我把這封信反覆看了十遍，一想到這封信會讓瑪格麗特難受，我心裡才稍微平靜了一些。我竭力使自己保持著勇氣，擺出信裡假裝出來的感情。八點鐘，當我的僕人走進我的房間時，我把信交給他，要他立刻送去。

「要等回信嗎？」約瑟夫問道。我的僕人和所有的僕人一樣，都叫約瑟夫。

「如果她問你是否要回信，你就說什麼也不知道，但是你還是要等等看。」

我還是抓著她能給我回信的希望不放。

我們這些人是多麼可憐，多麼軟弱啊！

在我的僕人出去送信的那段時間裡，我的心情激動得無以復加。時而我想起了瑪格麗特怎樣委身於我，我自問有什麼權利寫這樣一封肆無忌憚的信給她。她可以回答我說不是德・G先生欺騙了我，而是我欺騙了德・G先生；許多有好幾個情人的女人，都是這麼辯解的。時而我又想起了這個女子的信誓旦旦，我就說服自己，我的信寫得還是太溫和，裡面的措辭還不夠嚴厲，還不足以讓一個玩弄我如此真摯愛情的女人感到沮喪。隨後，我又想最好還是不給她寫信，而是白天去她家裡好。這樣，我就會因看到她熱淚潸潸而幸災樂禍。

最終，我思量她會怎麼回覆我，我已經準備接受她即將對我表示的歉意了。

我的僕人回來了。

「怎麼樣？」我著急地問他。

「先生，」他平靜地回答說，「夫人還在睡覺，還沒有醒過來，不過，只要她打鈴叫人，就可以把信送給她。如果有回信，他們會送過來的。」

她還在睡覺嗎？

有多少次我簡直要派人去取回這封信，但是我總是這麼想：

「說不定信已經在她手上了，如果讓人去把信取回來的話，會顯得我在後悔做了錯事。」

她可能給我回信的時刻越是接近，我越是後悔寫了這封信。

十點鐘、十一點鐘、十二點鐘的鐘聲都敲過了。

十二點鐘的時候，我正要去赴約，彷彿什麼事也沒有發生過一樣。總之，我只知道想辦法擺脫這個緊箍著我的鐵圈。

這時候，我像翹首期盼的人那樣有種迷信，覺得只要我出去一會兒，回來時就會看到回信。因為人們望眼欲穿的回信總是在收信人不在家時送到的。

我藉口吃午飯，出去了。

我平常習慣在街角的富瓦咖啡館吃午飯，可今天我沒有去，而是寧願走過安泰街，到王宮大街一帶吃飯。每當我遠遠地望見一個婦女，就以為是拉尼娜給我送回信來了。我經過安泰街，卻沒有碰到一個跑腿的人。我到了王宮附近，走進了韋里餐館。夥計服侍我吃飯，或者說隨他給我上菜，因為我並沒有吃。

我的眼睛不由自主地總是盯著牆上的掛鐘。

我往家走，深信能收到瑪格麗特的回信。

門房什麼都沒有收到。我還希望信已經在我的僕人手裡了，但他說我出門後，沒有誰來過。

要是瑪格麗特想給我回信的話，她早就已經寫好了。於是，我開始對那封信裡的措辭感到後悔了，我本該完全保持沉默，這樣她可能會因為感到不安而有所行動，因為她昨天沒有看到我去赴約，就會問我失約的原因，只有在這時我才能告訴她原因。這樣一來，她除了自我辯解以外，沒有別的事可做。而我所要的也就是她的辯解。我已經覺得，不管她怎樣辯解，我都一概相信，只要能再見到她，我什麼都願意。我竟然還以為她會親自登門拜訪，但是時間一小時一小時地過去了，她卻並沒有來。

瑪格麗特的確與其他女人不一樣，因為很少女人在收到我那樣的信之後會無動於衷。

五點鐘，我向香榭麗舍大街飛奔去。

「如果我遇到她的話，」我心裡想，「我便裝出一副無所謂的樣子，那樣她就會相信我已經不再想她了。」

在王宮街的拐角上，我看見她乘坐著馬車經過。這次相遇是那麼突如其來，我的臉都禁不住發白了。我不知道她是不是看得出我心裡的激動。我呢，張惶失措，只看見了她的車子一掠而過。

我不再繼續在香榭麗舍大街散步了，我去流覽劇院的海報，因為那樣我還有機會看到她。

在王宮劇院有一次首場演出。不用說瑪格麗特是必去無疑的。

七點鐘，我來到了劇院。所有的包廂都坐滿了人，但是瑪格麗特並沒有露面。

於是，我離開王宮劇院。凡是她經常去的劇院，我都跑遍了，哪兒都沒有她的蹤影。

要麼是我的信使她過於難過，連看戲都顧不上了，要麼她害怕跟我見面，免得作一番解釋。

這些都是我在大街上出於虛榮心而做的猜想。這時，我碰見了嘉斯多，他問我從哪裡來。

「王宮劇院。」

「我從歌劇院來，」他對我說，「我還以為能在那兒碰到您呢！」

「為什麼？」

「因為瑪格麗特在那兒。」

「啊！她在那裡嗎？」

「是的。」

「單獨一個人嗎？」

「不是，和她的女友在一起。」

「沒有別人嗎？」

「德・G伯爵在她的包廂待了一會兒，但她是跟公爵一起走的。我一直以為您也會去的。我旁邊的座位今晚始終空著，我還以為這個座位是您定下的呢！」

「但是為什麼瑪格麗特所到之處，我也得在呢？」

「因為您是她的情人，對嗎？」

「誰對您說的？」

「甫麗苔絲啊，我昨天遇到她了。我祝賀您，親愛的。這可是一個誰都想要得到的漂亮情婦哇！管住她別讓她跑了，她會使您很光彩的。」

嘉斯多這個簡單的想法，說明我的動輒易怒有多麼可笑。

如果我昨天就遇到他，他又跟我說了這些話，我一定不會寫早上那封愚蠢的信。

我簡直想到甫麗苔絲家裡去，要她告訴瑪格麗特我有話要對她說。可是我又怕她為了報復而拒絕見我。所以我經過安泰街回了家。

我再問門房是否有我的信。還是沒有！

「她說不定想看看我還會耍什麼新花樣，看看我是不是要收回今天的信。」我在床上想著，「但是她看到我沒有再給她寫信，明天她就會給我寫信的。」尤其是那天晚上，我對自己的所作所為追悔莫及。我一個人待在家裡，夜不能寐，煩躁不安。想當初如果讓事情順其自然的話，此刻，我也許還依偎在瑪格麗特身邊，聽著她纏綿的情話。這些話至今我只聽過兩次，每當我寂寞之中想起這些話時，我的耳朵都會發熱。

就我的處境而言最可怕的是，理智判斷是我錯了。事實上，一切事實都證明瑪格麗特深愛著我。首先，她準備和我兩個人單獨去鄉下避暑。其次，沒有什麼原因迫使她做我的情婦，因為我的財產是應付不了她的日常開銷的，甚至沒有辦法滿足她一時的喜好。因此，她只希望在我身上找到真摯的愛情。她的生活充滿了交易的愛情，這種真摯的愛情能使她得到休憩。可我卻在第二天就摧毀了這種希望，她兩夜的良宵換來的是我刻毒的嘲笑。因此，我的所作所為不但很可笑，而且很粗暴。我又沒給這個女人付過一個銅子兒，哪來的權利責備她的生活呢？

我第二天就溜之大吉，難道這不是一個情場上吃白食的寄生蟲，生怕別人拿帳單向他要錢麼？怎麼啦！我認識瑪格麗特才三十六小時，做她的情人才二十四小時，我就在和她鬧彆扭。她能分身來愛我，我不但不覺得知足，反而想獨佔一切，強迫她一下子就與過去斬斷聯繫，而這些聯繫是她以後的生活來源。我憑什麼能夠責備她呢？毫無憑據。

她本可以和那些潑辣粗俗的女人一樣，直截了當地告訴我，她要接待一個情人，可她卻給我寫信，說是不舒服。我沒有相信她信裡說的，我沒有到除了安泰街之外的巴黎所有的街道去蹓躂，我沒有和朋友們一起把這個晚上消磨掉，等到第二天在她指定的時間露面，卻扮演奧賽羅[27]的角色，我窺視她的行動，自以為不再去看她是對她的懲罰。但

27. 莎士比亞同名悲劇中的男主角，因受人離間殺死了自己清白的妻子，常用於指代嫉妒、多疑、殘暴的丈夫。

事實上正好相反，她或許會為這種分手感到高興，她一定覺得我是個大笨蛋。她的沉默甚至說不上是怨恨，而是對我的蔑視。

那麼，我是否該給瑪格麗特送一件禮物，讓她別懷疑我的慷慨大度，而且我把她看作一個受人供養的女子，這樣我就可以自以為跟她結清帳了。但是，我不願我們的愛情沾上一點點交易的痕跡，我認為這是對我們的愛情的褻瀆，就算不是她對我的愛情，至少也是我對她的愛情。況且既然這愛情那麼純潔，容不得其他人染指。不管禮物多麼珍貴，也不能用它來償付它賜予我們的幸福，無論這幸福是何等轉瞬即逝。

這就是夜裡我翻來覆去所想的，也是我隨時準備去說給瑪格麗特的話。

正如您所理解的，我必須採取果斷的決定，要麼跟這個女人一刀兩斷，要麼不必再疑神疑鬼，只要她依舊願意接待我的話。

但是你知道，人在做出果斷的決定以前總是要遲疑不決的。因此，我在家裡待不下去，又不敢到瑪格麗特那兒去，我就想辦法去接近她，一旦成功的話，就推說純粹是出於偶然，這樣就能保住我的自尊心了。

到了九點鐘，我匆忙趕到甫麗苔絲家裡，她問我一清早來找她有什麼事。

我不敢直率地告訴她我的來意。我只是回答她說一大早出門是為了預訂去C城的公共馬車座位，我的父親住在那裡。

「能在這麼風和日麗的好天氣離開巴黎，」她跟我寒暄，「您真有福氣。」

我看著甫麗苔絲，琢磨著她是不是在嘲諷我。但是她臉上的神情是一本正經的。

「您要去和瑪格麗特告別嗎？」她接著說，臉上始終那麼嚴肅。

「不去。」

「這樣是對的。」

「您這樣認為嗎？」

「當然啦。既然您已經跟她決裂了，何必再去看她呢？」

「這麼說您知道我們分手了？」

「她給我看了您的信。」

「她對您說了什麼？」

「她和我說：『親愛的甫麗苔絲，您說他好話的那一位太不懂禮貌，這種信只能在心裡想想，不該寫出來呀。』」

「她用什麼語氣對您說的？」

「是笑著說的，她還說：『他在我家裡吃過兩次宵夜，他甚至連禮節上的回訪都還沒有過呢！』」

這就是我的信和我的嫉妒產生的結果。我的愛情和自尊心受到無情的羞辱。

「昨晚她幹什麼去了？」

「她去歌劇院了。」

「這我知道，後來呢？」

「她在家裡吃宵夜。」

「獨自一人嗎？」

「我想，和德・G伯爵一起吧。」

這麼說來，我和瑪格麗特的決裂絲毫沒有改變她的習慣。

遇到這樣的情況，有些人會對您說：

「不必再去想這個不愛您的女人了。」

「好啊！我很高興看到瑪格麗特沒有為我抑鬱寡歡。」我勉強地笑著說。

「她這樣做非常有道理。您已經做了本該做的，您比她更理智些，因為這個女人愛您，她不斷提到您，是什麼蠢事都能做得出來的。」

「她既然愛我，為什麼不給我寫回信呢？」

「因為她已經明白她不應該愛您。再說，女人有時能容忍別人在愛情上玩弄她們，但絕不允許別人傷害她們的自尊心。特別是一個人做了她兩天的情人就離開她，那麼不管這次決裂的原因是什麼，總是會使一個女人的自尊心受到傷害的。我瞭解瑪格麗特，她寧死也不會給您回信。」

「那麼，我該怎麼辦呢？」

「就此拉倒吧。她會忘記您，您也會忘掉她，因為你們雙方都沒什麼可埋怨的。」

「但是如果我給她寫信，請求她原諒呢？」

「千萬別這麼做，她可能會原諒您的。」

我簡直想要撲上去摟住甫麗苔絲的脖子。

一刻鐘以後，我回家給瑪格麗特寫了這封信：

有一個人對他昨天寫的信悔恨萬分，假使您不肯原諒他，明天他就要離開巴黎。他想知道何時能夠拜倒在您的腳下，獻上他的悔恨之心。

他何時可以單獨見到您呢？因為您知道，做懺悔的時候是不該有旁觀者在場的。

我把這封用散文寫的情詩折疊好，讓約瑟夫送去。他把信交給了瑪格麗特本人，她回答說，她晚一點再回信。

除了吃晚飯的時候我出去了一會，就一直沒出門，可是等到晚上十一點鐘，我還沒有收到回信。

於是我決定不再這樣受煎熬了，明天就出發。

由於下了這個決心，我深知就算躺在床上，也是睡不著。於是我便動手打點行李。

chapter 15 表白

約瑟夫和我，我們為我動身做準備，忙了幾乎一小時。這時，有人猛拉我家的門鈴。

「要開門嗎？」約瑟夫問道。

「開吧。」我對他說，心裡尋思著誰會在這個時候來我家，而且絕不敢相信會是瑪格麗特。

「先生，」約瑟夫回稟道，「是兩位太太。」

「是我們，奧爾馬。」一個聲音在叫嚷著，我聽出是甫麗苔絲的聲音。

我走出臥室。

甫麗苔絲站著觀賞我客廳裡的幾件古玩，瑪格麗特則坐在長沙發上沉思默想著。

我走進客廳後，徑直朝她走去，雙膝跪地握住她的雙手，激動萬分地對她說：「原諒我吧！」

她吻了吻我的額角，慢慢地對我說：

「我已經原諒您第三次了。」

「我本打算明天走的。」

「我的拜訪如何能改變您的決定呢？我不是來阻止您離開巴黎的。我來，因為白天我沒有時間給您寫回信，又不想讓您覺得我還在生您的氣，所以才來這裡的。甫麗苔絲還不讓我來呢，她說我或許會打擾您。」

「您，打擾我，您，瑪格麗特！怎麼會呢？」

「當然囉！您家裡興許有一個女人，」甫麗苔絲說道。「她看到又來了兩個女人，那可不是鬧著玩的。」

在甫麗苔絲發表她的見解時，瑪格麗特聚精會神地打量著我。

「親愛的甫麗苔絲，」我反駁，「您簡直在胡說。」

「您這套公寓佈置得很不錯嘛，」甫麗苔絲回嘴說，「可以看看臥室嗎？」

「可以。」

甫麗苔絲走進我的臥室，倒不是非要參觀我的臥室，而是要彌補她剛才說蠢話，這樣就留下我和瑪格麗特單獨在一起。

「為什麼要把甫麗苔絲帶來呢？」於是我問瑪格麗特。

「因為她陪伴我一起去看戲，再說離開這裡時，也需要有人陪我。」

「不是有我在這裡嗎？」

「是的。可是，除了我不想麻煩您以外，我敢肯定要是到了我家門口，您一定會要求上樓去我家。由於我不能同意您這樣做，我不想讓您在離開時有權利責備我對您的拒絕。」

「那麼，為什麼您不能接待我呢？」

「因為我受到嚴密監視，稍被懷疑就可能使我遭受巨大損失。」

「僅僅是這個原因嗎？」

「假如有別的原因，我會對您說的，我們彼此之間不該保守什麼秘密。」

「喔，瑪格麗特，我不想拐彎抹角地和您說話。坦白說，您有沒有一點愛我？」

「很愛。」

「那麼，為什麼您要欺騙我？」

「我的朋友，要是我是一位公爵夫人，要是我有二十萬里弗爾的年收入，那麼無論我做您的情婦，還是我除了您之外還有一個情人，您都有權利問我為什麼欺騙您。但是我是瑪格麗特・戈迪爾，我欠著四萬法郎的債務，沒有一點兒財產，而且我每年都要花費十萬法郎。所以您的問題變得毫無意義，而我的回答也是多餘。」

「不錯，」我把頭靠在瑪格麗特的膝蓋上說，「但是我愛您愛得快發瘋了。」

「那麼，親愛的，您就必須少愛我一點，或者多理解我一點，因為您的信使我非常難過。如果我是自由的，首先前天我就不會接待伯爵，即便接待了他，我也會來請求您的原諒，就像剛才您請求我的原諒一樣。而且以後除了您我不會有其他的情人了。有一陣子我以為自己能得到半年的幸福，您又不願意這麼做，您堅持要知道我要用什麼辦法。唉！天哪，用什麼辦法是很好猜到的。我採取這些方法時所做出的犧牲，比您想像的多得多。我本來可以對您說：『我需要兩萬法郎。』您當時正鍾情於我，也許您會籌畫到的，但以後您肯定會責備我的。我不願對您有一點兒虧欠，您卻一點都不理解我對您的體貼，因為這正是我的一番苦心。

「我們這些女人，在我們還有一點良心的時候，我們說的話和做的事都別有深意，這是別的女人無從知道的。因此，我再對您說一遍，瑪格麗特・戈迪爾她所找到的不問您要錢又能還債的方法是對您的體貼，您應該毫不作聲地受用才是。如果直到今天您才瞭解我，那麼您會因為我答應您的事感到十分幸福，您也就不會盤問我前天做了什麼。有時候我們不得不犧牲肉體以換得精神上的滿足，但當這種滿足離我們而去以後，我們就會分外痛苦。」

我帶著讚許的心情傾聽和凝視瑪格麗特說話。我想到的是，我曾經渴望親吻一下這個絕代佳人的腳，如今她讓我明白她的思想深處，並讓我扮演她生活中的一個角色，而我還在不滿意她給我的這一切。我想著人的欲望沒有邊際。我的欲望這麼快就得到了滿足，眼下我又想得寸進尺了。

「是的，」她接著說，「我們這些受著命運擺佈的女人，有著離奇古怪的願望和匪夷所思的愛情。我們有時為了一樣東西，有時又為了另一樣東西而以身相許。有些人甚至為我們傾家蕩產，卻一無所得，還有一些人通過一束鮮花就得到了我們。我們有時會心血來潮而隨心所欲，這是我們僅有的消遣和藉口。你比任何男人都更快地得到我，我可以對你起誓。為什麼？因為在我咯血時，你握住了我的手，還哭了，因為世界上只有你真正願意同情我。我要告訴你一個秘密：曾經我有一隻小狗，當我咳嗽的時候，牠總是用傷痛的眼神望著我，牠是我唯一愛過的動物。

「牠死的時候，我哭得很傷心，甚至比母親去世時還要傷心。因為，我確實挨了我母親十二年的打罵。我就這樣快地愛上了你，對我的狗也不過爾爾。如果男人們都明白用眼淚可以交換到一些東西，他們就會得到更多的喜愛，我們也不會這個樣子揮霍他們的錢財了。

「你的來信暴露了你的真實面目，向我透露了你並沒有掌握心靈的全部奧秘。就我對你的愛情來說，無論你對我做過什麼好事，可這封信對我造成的傷害卻要大得多。的確，這是出於嫉妒，不過這種嫉妒很可笑，也很粗俗。當我收到這封信的時候，我已經憂心忡忡了，本來我打算中午去和你共進午餐，只有看到了你，才能最終抹去我對這件事持續不斷想法，而在認識你之前，我根本不為這種事費什麼心思。」

「再說，」瑪格麗特繼續說道，「只有在你面前，我才能立刻明白，我可以有自由思想，無所不談。凡是圍著像我一樣的女子轉的人，都喜歡尋根究柢她們的一言一行，並從她們無意義的行動中得出結論。我們自然都沒什麼朋友，我們有的只是一些自私的情人，他們為我們的揮霍和他們口頭說的並不一樣，其實完全是為了滿足他們的虛榮心。

「對這些人而言，當他們開心的時候，我們也必須開心；當他們想吃宵夜的時候，我們必須有健康的身體；當他們疑竇叢生的時候，我們這些人也要疑心重重。我們這些人是不允許有良心的，否則就要被嘲罵毀掉我們的聲譽。

「我們身不由己。我們不再是人，而是沒有生命的物品。他們講自尊心的時候，我們被排在首位；需要他們尊重的時候，我們就降到最末位。我們有一些女友，但是都是像甫麗苔絲那樣的女友，她們以前也是別人的情婦，揮霍成習慣了，但是她們人老珠黃了，已經不能這樣做了。於是，她們成了我們的朋友，甚至可以說是我們的食客。她們的友誼甚至到了奴顏婢膝的地步，但從來也到不了無私的地步。她們總是給你出怎樣撈錢的主意。只要她們能借此賺一些衣裙或者一隻手鐲，能時不時地坐我們的馬車出去逛逛，能坐在我們的包廂裡看戲，我們即使再多上十個情人也和她們無關。她們拿走了隔天的花束，借我們的開司米披肩用。她們為我們效勞，即使一件芥蒂小事，她們也希望得到加倍的謝禮。那晚你不是親眼目睹了嗎？甫麗苔絲給我帶來六千法郎，這是我請她替我到公爵那裡要來的。她向我借了五百法郎，她是永遠不會把那筆錢還給我的，或者還我幾頂帽子，但絕對不會是從自己的盒子取出來的。

「因此，我們只能有，或者不如說我只能有一種幸福。像我這樣一個時常抑鬱寡歡，又總在受病痛煎熬的人，這種唯一的幸福就是找到一個地位非常高的男人，他不過問我的生活，而且是個重感情輕肉慾的情人。這個人，就是公爵，但是公爵年事已高，既不能給我保護又不能給我安慰。我原以為可以接受他為我安排的生活，但是，叫我有什麼辦法呢？我厭惡極了。既然註定要受折磨而死，那麼投進大火裡燒死和被煤氣悶死是沒有區別的。

「這時候，我遇到了你。你年輕、熱情、活潑，我竭力讓你成為我在表面熱鬧實際孤寂的生活中召喚的人。我在你身上所喜愛的，不是目前這樣的人，而是指望以後你能夠成為的那樣的人。可你不接受這個角色，認為和你不相配而拒絕，你是一個庸常的情人，那就像別人一樣行事吧，付錢給我，我們的談話到此為止。」

說完這長篇大論的表白後，瑪格麗特精疲力竭。她仰倒在長沙發椅背上，為了讓一陣輕微的咳嗽停止，她把手絹按在嘴唇上，一直蒙到眼睛。

「請原諒，請原諒，」我喃喃地說，「我早已經明白這一切了，但是我願意聽你說出這些話來，我最最親愛的瑪格麗特。我們只記住一件事就行，把其餘的全都置於腦後吧：那就是我們彼此相屬，我們還很年輕，我們相親相愛。

「瑪格麗特，隨便你要我怎麼樣，我是你的奴隸，你的狗。可是看在上帝的分上，撕掉我寫給你的信吧！別讓我明天走，否則我會鬱悶而死的。」

瑪格麗特從連衣裙的胸口裡掏出我寫給她的信來，交還給了我，帶著難以形容的溫柔微笑對我說：

「看，我給您帶來了您的信。」

我把信撕碎了，含著淚水吻著她向我伸過來的手。

這會兒，甫麗苔絲又出來了。

「您說，甫麗苔絲，您知道他要求我做什麼嗎？」瑪格麗特說。

「他要求您原諒。」

「是的，正是這樣。」

「那麼，您原諒他了嗎？」

「當然原諒了，可是他還得寸進尺。」

「怎麼？」

「他想和我們一起吃宵夜。」

「那麼，您同意了嗎？」

「您看呢？」

「我看你們兩個都還只是孩子，都沒頭腦。我還覺得我已經餓腸轆轆了，您早點同意，我們就可以早點兒一起吃宵夜了！」

「好吧，」瑪格麗特同意了，「我們三個在我的馬車裡擠一擠。喂，」她轉身又對我說，「拉尼娜說不定已經睡覺了，您拿好我的鑰匙去開門，小心別把它丟掉了。」

我緊緊地摟著瑪格麗特，差一點讓她喘不過氣來。這會兒，約瑟夫進來了。

「先生，」他沾沾自喜地對我說，「打點好行李了。」

「全收拾好了嗎？」

「是的，先生。」

「那麼，全解開吧！我不走了。」

chapter 16

無法控制的日常開銷

「我原本可以把我們結合的起因用三言兩語告訴您，」奥爾馬對我說，「但是我想讓您知道，通過什麼樣的事件和什麼樣的曲折，我們才殊途同歸，我終於對瑪格麗特百依百順，瑪格麗特只想和我一起生活。」

她來找我的翌日，我叫人把《芒努・萊斯科》給她送去。

從那以後，因為我無法改變我情婦的生活，便只好改變我自己的生活。最重要的是，我不讓自己的腦子有時間來考慮我剛剛才接受的角色，因為只要一想到，我總是禁不住難受。我的生活原本一直是很清靜的，這下突然變得喧鬧嘈雜和凌亂不堪了。不要以為一個被人供養的女人給您她的愛情，不貪錢財就花不了什麼錢。她有無數種嗜好：鮮花、郊遊、包廂、宵夜，這些要求是永遠不能拒絕自己的情婦的，而且代價又都是很昂貴的。

正如我對您所說的，我沒有財產。我的父親從過去到現在都是C城的總稅務長。他為人正直，聞名遐邇，所以他借到了任職所必需的保證金。這個職務可給他帶來四萬法郎的年收入，十年幹下來，他已經可以歸還保證金了，而且攢下了我妹妹的嫁妝。我的父親是天底下最值得敬佩的人了。

我母親去世的時候留下了六千法郎的年金，父親在謀到他所期待的職務那天就把這筆年金平分給了我和我的妹妹。後來我二十一歲的時候，父親又在這筆小收入上增加了一筆每年五千法郎的生活費。他和我說，如果在這八千法郎之外，我還願意在司法界或醫療界謀個職位的話，那麼我在巴黎的日子就可以過得很自在。因此我來到了巴黎，攻讀法律，獲得了律師的資格，跟很多年輕人一樣，我把文憑放在口袋裡，讓自己過幾天巴黎的那種懶散生活。我非常節儉花銷，可是全年的收入只在我口袋放了八個月，我是在父親家裡度過夏天四個月的，這樣等於我就有一萬兩千法郎的年薪，還贏得一個孝順兒子的名聲。況且我沒有欠一個銅子兒的債。

這就是我結識瑪格麗特時的情況。您知道我的日常開銷無法控制地增加了。瑪格麗特十分任性，有些女人把她們的生活寄託在千百種消遣上，並且完全不把這些消遣看作是了不起的花費，瑪格麗特就屬於這樣的女子。結果，為了盡可能多和我在一起，她上午寫信給我，約我一起吃晚飯，但不是在她家裡，而是去巴黎或者郊外的飯店。我去接她，再一起吃晚飯，一起看戲，還常常一起吃宵夜。我每晚上都要花銷四五個路易，這樣我每個月就要開銷兩千五百至三千法郎，三個半月就花光了一年的收入。我不得不借債，否則就只能離開瑪格麗特。

什麼我都可以接受，就是無法接受這最後一種情況。

請原諒我把這麼多的瑣碎都講給您聽，但是下面您就會看到這些細節和下面即將發生的事情之間的聯繫。我給您講的是一個真實而簡單的故事，就讓它保持它樸實無華的細節和它單純明瞭的發展過程吧。

因此我懂得了，由於世界上沒有什麼東西可以對我產生深刻的影響以至於使我忘掉我的情婦，所以我必須要找到一種辦法，來應付我在她身上花費。況且，她的愛情使我神魂顛倒，一旦離開瑪格麗特，我就覺得度日如年。我感到需要迷戀於某種東西以便消磨時間，才能讓時間過得飛快，以致察覺不到韶光流逝。

我先從我那小筆本金中挪用五六千法郎，開始賭博了，賭場被取締之後，人們在隨便什麼地方都可以賭錢。從前，只要人們走進弗拉斯卡蒂賭場，就會有機會發財。大家賭現錢，輸家可以自我安慰地說他們也會有機會贏錢的。可眼下呢，除了在俱樂部裡，付錢還相當嚴格之外，換了在其他地方，如果贏到一大筆錢，差不多一定拿不到，原因很容易懂。

那些花銷巨大，又缺乏足夠的錢維持他們所過的生活的年輕人，多半會去賭錢。他們賭博的結果勢必是這樣的：如果他們贏了，那麼輸家就必須替贏家支付車馬費和情婦的費用，這是讓人很難堪的。輸家於是債台高築，在賭桌周圍建立起來的關係終於在爭吵中破裂。在爭吵中，榮譽和生命難免會受到一些損傷。如果這是一個有教養的人，那麼他就會被另一些更加有教養的年輕人搞得傾家蕩產。他們或許沒有別的錯誤，不過是沒有二十萬里弗爾的年收入。

至於那些賭錢作弊的人，也不必我多講了，他們終會有不得不離開，並且遲早會受到懲罰。

於是我投身於這種快速、混亂和激烈的生活中了。這種生活我以前連想想都會感到很恐懼，現在卻成了我對瑪格麗特的愛情必不可少的補充。叫我怎麼辦呢？

如果我不去安泰街過夜，獨自待在家的話，我會夜不能寐的。我妒火中燒，無法合上雙眼，我的思想和血液像在燃燒一般，但賭博可以暫時轉移那些潛在我心中的激情，把它引向另一種狂熱。我不由自主地投身於其中了，一直賭到我應該去和我的情婦會面為止。由此我就發現我的愛情是多麼強烈。不論是贏或者輸，我都毫不留戀地離開賭桌，並憐憫那些留下來的人，他們不能夠和我一樣找到幸福。

對於大部分人來說，賭博只是一種需要。然而對我來說，卻是一帖藥劑。

——假如我不再愛瑪格麗特，我就不會再去賭博。

——因此，在賭博的過程中，我能非常冷靜。我只肯輸我付得起的錢，同時也只贏我輸得起的錢。

況且，我賭運很好。我沒有欠債，但花費卻比我沒有賭錢以前多三倍。這樣的生活可以讓我絲毫沒有困難地滿足瑪格麗特的各種要求，然而要抗拒這種生活的誘惑是不容易的。就她來說，她一如既往地愛我，甚至比以前更加愛我了。

正如我剛才對您說的，以前我只能在午夜至第二天清晨六點鐘之間才得到她的接待，後來她允許我不時地進入她的包廂，再後來她有時候還來跟我一起吃晚飯。有一天早上，我一直到八點鐘才走，甚至有一天我一直到中午才離開。

在期待著精神上的變化時，瑪格麗特的身體狀況卻發生了變化。我曾經設法給她治療，這個可憐的女人猜出了我的目的，為了表示對我的感激就聽從了我的勸告。我沒費什麼勁就使她幾乎放棄了曾經的老習慣。我曾讓她去找過的一位醫生告訴我說，只有安靜地休息才能使她身體好轉，於是我用合乎健康的制度和有規律的睡眠代替了宵夜和熬夜。瑪格麗特也逐漸適應了這種新的生活方式，她自己也感覺到了這種生活方式有益於身體健康。她已經開始在自己家裡度過有些晚上，或者天氣好的時候，她裹上一條開司米披巾，戴上面紗，我們倆就像孩子似的，傍晚在香榭麗舍大街昏暗的小路上漫步。回來時她覺得疲憊，只吃了一點兒點心，彈了一會兒琴，或者看一會兒書，便去睡了。她過去是從來沒有過這種情況的。以前每次我聽見她咳嗽時，就會感到撕心裂肺般的痛，現在這種咳嗽幾乎已經消失了。

六個星期以後，伯爵已經不是我們之間的問題，完全被拋諸腦後了，他已經被徹底放棄了。只是對公爵才不得不繼續隱瞞我和瑪格麗特的關係，不過當我在她房裡的時候，公爵還是常常被打發走，藉口就是夫人在睡覺，不准任何人吵醒她。

結果是養成了瑪格麗特特定時刻要和我待在一起的習慣，這甚至成為了一種需求，因此，我能像一個高明的賭徒般在應該離開賭台的時候便離開。總之，因為老是贏錢，我忽然發現手上已經有了一萬多法郎，這筆錢對我來說是綽綽有餘的。習慣上，我通常去探望父親和妹妹的日期到了，但是我並沒有去，因此常常收到他們兩人的來信，要我回去待在他們身邊。

對於父親和妹妹的誠懇要求，我全都巧妙地拒絕了，我總是對他們說我身體健康，也不缺少錢花。我覺得這兩點可能會使我父親對我一再推遲回家探親得到一些安慰。

在這期間，有一天早上，瑪格麗特被燦爛的陽光照醒了，她起床後問我是否願意帶她去鄉下玩一天。

我們派人找來甫麗苔絲，瑪格麗特還吩咐拉尼娜對公爵說，她想趁著這風和日麗的好天氣和托維奴瓦太太一起到鄉下去。隨後我們三人就一起出發了。

只有托維奴瓦在場，才能使老公爵放心，除此之外，甫麗苔絲好像是一個專門為郊遊而生的女人。她全天都興致勃勃，她的胃口永不饜足，凡是她身邊的人，有她做伴絕不會有一刻的煩惱。而且她還精於訂購雞蛋、櫻桃、牛奶、嫩煎兔肉以及巴黎郊遊野餐所需的所有傳統食物。

剩下的就是只要我們知道上哪兒去就行了。

仍然是甫麗苔絲解決了我們這個難題。

「你們不是想到一個真正的鄉下去嗎？」她問。

「是的。」

「那好，我們就一起去布吉瓦爾[28]，到阿爾努寡婦的曙光飯店去。奧爾馬，你去租一輛敞篷四輪馬車。」

一個半小時以後，我們來到了阿爾努寡婦的曙光飯店。

您或許知道這個飯店，一個星期裡有六天作為旅店，星期天則成為可供跳舞的小咖啡館。它有一個位於普通二層樓那麼高的地方的花園，在那裡遠眺，風景十分旖旎。連綿不斷的山岡在右邊，瑪律利引水渠在左邊的天際盡頭，河流在這一帶幾乎是停滯的，彷彿一條寬大的白色波紋緞帶，在加比榮平原和克洛瓦西島之間流淌。高大的楊樹在兩岸隨風戰慄，喃喃細語，不停地哄著河流入睡。

遠處在陽光普照下，矗立著一片紅瓦白牆的小房子和一些手工工廠，因為距離遙遠，這些工廠失去了粗俗的商業特點，反而使風景變得格外秀美。

極目遠眺，巴黎籠罩在雲霧下。

28. 位於巴黎西部的一個小鎮。

就像甫麗苔絲對我們說的那樣，這是一個真正的鄉下；除此之外我還該說，這才算是一頓真正的午餐。

倒並不是由於感謝從這個地方得到幸福才如此說的。儘管布吉瓦爾的名字很難聽，但這是人們能夠想像的風景最秀麗的地方之一。我旅行過許多美麗的地方，也見過許多壯麗的景色，但是，沒有看過比這個恬靜地座落在庇護著它的山腳下的小鄉村更迷人的地方了。

阿爾努太太建議我們泛舟河上，瑪格麗特和甫麗苔絲興高采烈地接受了。

人們老是把鄉村和愛情聯繫在一起，這是很有道理的。沒有什麼比藍天、芬芳、鮮花、和風、還有田野和樹叢無與倫比的幽靜更能襯得上您心愛的女人了。不論你多麼愛一個女人，不論你多麼信賴她，不論她過去的經歷怎樣確保將來的忠誠，你多少會有些嫉妒的。如果你以前戀愛過，認真地戀愛過，你肯定會感到必須把你鍾愛的女人與世隔絕，不論你的意中人對周圍的人是如何的冷若冰霜，似乎只要她和別的男人和事物一接觸，就會失去她的芬芳和完整。這是我比別人感受更深的。

我的愛情不同尋常，但普通人戀愛時所能做的，我都能做。但是我愛的是瑪格麗特．戈迪爾，也就是說，在巴黎，我每走一步都有可能碰到一個以前做過她情夫的人，或者是即將成為她情夫的人。可是在鄉下，我們置身於我們從未謀面、也從不關注的人群中。我們待在這一年一度、春意盎然的大自然的懷抱中，遠離城市的喧囂聲，我可以把我的愛情藏匿於此，不用面對羞恥感和擔驚受怕地傾心相愛。

在這裡妓女的形象在漸漸消失。我身邊只有一個名叫瑪格麗特的女人，年輕貌美，我愛她，她也愛我。過去已經斂跡遁形，未來光明一片。陽光就像照耀著一個最聖潔的未婚妻一樣，照亮了我的情婦。

我們倆散步在這富有詩意的地方，這些地方彷彿是天造地設的一樣，讓人回憶起拉馬丁[29]的詩句或者哼起斯居多[30]的歌曲。瑪格麗特穿一件白色的連衣裙，斜倚在我的臂膀上。晚上，在滿天繁星下，她向我反覆絮叨著昨夜對我說的話。遠處，城市裡的塵世生活仍在繼續，我們的青春和愛情的歡樂畫面一點也沒有受到它的陰影的污染。

這就是那天的烈日透過樹葉給我帶來的夢境。我們的遊船在一個小島邊停下來，我躺在草地上，割斷了過去約束我的思想的一切人際聯繫，放任自己的思緒馳騁，遇到的形形色色的希望全部截獲。

29. 十九世紀法國浪漫主義詩人。
30. 十九世紀法國音樂批評家、作曲家。

除此以外，從我所在的地方，我看到岸邊矗立著一座美麗的三層小樓房，門前有一道半圓形的柵欄。穿過柵欄，房子前面有一塊像天鵝絨一樣平整的綠色草坪。樓房後面有一座小樹林，裡面是神秘的僻靜場所，而且早上一起來，前一天踏出來的小徑就淹沒在苔蘚下了。

一些攀援植物的花朵鋪滿了這座沒人居住的房子的台階，並且一直延伸覆蓋到二樓。

我凝望這座樓房，最後竟然以為它就是應該屬於我的，因為它真正濃縮了我的夢想。我在這座房子裡看到了我自己和瑪格麗特，白天在這座樹林覆蓋的山岡中，晚上一起坐在綠草坪上。我心裡尋思著，這個世界上還有什麼人能和我們一樣幸福呢？

「多麼漂亮的房子啊！」瑪格麗特對我說，她已經跟隨我的視線看到了這座房子，也許還和我有著一樣的想法。

「哪裡？」甫麗苔絲問。

「那邊。」瑪格麗特用手指著那座房子說道。

「啊！真讓人沉醉，」甫麗苔絲接著說，「您喜歡嗎？」

「非常喜歡！」

「那麼，就去和公爵說把房子給您租下來。我有把握他會同意的。如果您願意的話，讓我來負責這件事。」

瑪格麗特望著我，彷彿在徵求我對此的看法。我的幻想已經隨著甫麗苔絲的最後這幾句話煙消雲散了，而且突如其來地掉落在現實之中，跌得我頭暈眼花。

「這是個絕妙的主意。」我期期艾艾地說，甚至不知道自己在說些什麼。

「那麼，我來安排這一切，」瑪格麗特握住我的手說，她是按照自己的願望來理解我的話，「立刻去看看這座房子是否要出租。」

房子沒人住，租金是兩千法郎。

「你高興住在這裡嗎？」她問我。

「我一定會到這兒來嗎？」

「如果不是為了您，那麼我隱居到這兒又是為什麼呢？」

「好吧，瑪格麗特，就讓我來租下這座房子吧。」

「您瘋了嗎？這不但沒有必要，而且還有危險。您明知道我只能接受一個人的恩惠，所以，就讓我來辦吧！你這個大孩子，別再說了。」

「這樣的話，假如我一連兩天有空，我就來你們這兒過。」甫麗苔絲說。

我們離開這座房子，踏上了回巴黎的路，一面還討論著這個新的計畫。我摟瑪格麗特在懷裡，好在到下車的時候，我已經開始能夠面對我情婦的這個計畫，並逐漸消除了顧慮。

chapter 17 新生活

第二天，瑪格麗特很早就把我打發走了，她對我說，公爵一大早要來。她答應我，一旦公爵離開，就給我寫信，通知我明天晚上幽會的時間和地點。

果然，白天我收到了這封信。

我和公爵一起去布吉瓦爾，今晚八點到甫麗苔絲家去等我。

指定的時間內，瑪格麗特準時回來了。她到托維奴瓦太太家裡來見我。

「好啦，一切都安排妥當了。」她進來就說。

「房子租下來了嗎？」甫麗苔絲問。

「是，立刻就租下來了。」

我不認識公爵，但是像我這麼欺騙他，我感到羞愧難當。

「但是事情還沒有完！」瑪格麗特又說。

「還有什麼事嗎？」

「我在思考奧爾馬的住處。」

「不和您住在一起嗎？」甫麗苔絲笑著問。

「不，他住曙光飯店，我和公爵一起在那兒吃了午飯。在公爵欣賞風景的時候，我問阿爾努太太，是叫阿爾努太太吧？我問她是否有合適的套房可供出租。她剛好有那麼一套，包括客廳、候見室和臥室。我想，一切需要的都齊全了，六十法郎每月，傢俱陳設足以讓一個生性憂鬱的人喜笑顏開。我租下了這套房間。我幹得還漂亮吧？」

我緊緊地摟住瑪格麗特的脖子。

「這簡直妙不可言，」她接著說，「您有小門上的鑰匙，我答應公爵把柵欄門的鑰匙給他，不過他不會拿去的，因為他即便來也只是在白天。說實話，我覺得他對這一任性的做法很高興，這樣能使我遠離巴黎一段時間，又能使他家裡人少說些囉嗦話。但是他問我，我這麼喜歡巴黎，怎麼會願意到鄉下去隱居。我跟他說，我身體不好，要到鄉下靜養一下。他看起來好像不太相信我的話。這個可憐的老頭兒總是被逼得走投無路。因此，我們要多加小心，親愛的奧爾馬，因為他會派人在那裡監視我，我不光要他給我租了一座房子，還要他為我還債呢，因為倒楣的是我還欠著一些債務。這樣安排您覺得合適嗎？」

「合適。」我回答，這種生活方式時不時喚起我的顧忌，但我盡力忍住不說出來。

「我們仔細地參觀了這座房子，以後我們住在那裡一定十分稱心！公爵樣樣都要過問。啊！親愛的，」她樂得瘋瘋癲癲地摟住我說，「您真有福氣，有一位百萬富翁給您鋪床呢！」

「那您何時搬過去？」甫麗苔絲問。

「越早越好。」

「您把車馬都帶去嗎？」

「我會把全部家當都搬過去。我不在家時您替我看管一下公寓。」

一星期以後，瑪格麗特搬進了那座鄉下的房子，我則住在曙光飯店。

從此就開始了一段我很難向您描述出來的新生活。

剛在布吉瓦爾住下的時候，瑪格麗特還沒有戒掉她的舊習慣，她家裡每天都像過節一樣，非常熱鬧，所有的朋友都來看望她。在整整一個月裡，每天總有八到十個人在她家吃飯。甫麗苔絲也把她認識的人全帶來了，還殷勤地請他們參觀房子，彷彿是這房子的主人似的。

正如您想像的一樣，一切開支都是公爵支付的，然而甫麗苔絲卻時不時以瑪格麗特的名義，向我要一張一千法郎的鈔票。你知道我賭博贏了些錢。所以我忙不迭地把瑪格麗特托她向我要的錢交給她，甚至生怕我的錢不夠她的需要。於是我還去巴黎借了一筆錢，數目和我過去借的一筆一樣，當然那筆錢我早已如數還清了。

於是，我又重新擁有了一萬左右法郎，我的生活費還不算在內。

然而，瑪格麗特招待朋友的興致稍微有點低落，因為這種娛樂開銷巨大，甚至有時還必須向我要錢。公爵租下來這座房子是給瑪格麗特靜養的。他從來不在這兒露面，怕碰到一大群樂不思蜀的賓客，他是不願意和他們打照面的。特別是因為有一天，他來與瑪格麗特單獨共進晚餐，卻遇上有十五個人正在家裡吃午飯。這頓午飯在他打算吃晚餐的時候還沒有吃完。當他打開飯廳的大門時，令他措手不及的是，一陣歡笑沖他而來，這是他料想不到的，面對在場女人們的浪笑，他不得不遽然退了出去。

於是瑪格麗特離開餐桌，去隔壁房間找公爵，想方設法勸慰公爵忘掉剛才不愉快的情景。然而公爵的自尊心已經受到傷害，心裡萬分怨恨。他無情地對這個可憐的女人說，他已然厭倦了拿錢給一個女人肆意揮霍，因為這個女人甚至不懂得讓他在家裡受到尊敬，他怒氣沖沖地離開了。

從這天起，我們就從未聽到過他的消息了。雖然瑪格麗特後來拒絕客人，改變從前的習慣，但仍舊是徒然，公爵已杳無音信。這樣一來我倒漁翁得利，因為我的情婦已經完完全全地屬於我了，我的夢想最終實現了！瑪格麗特再也不能離開我了。她絲毫不顧後果如何，公佈我們之間的關係，於是正式把我看作他們的主人。

對於這種新生活，甫麗苔絲竭盡全力勸告過瑪格麗特。可是瑪格麗特回答她說，她愛我，沒有我她無法生活。不管什麼事情發生，她都不願意放棄和我朝夕相處的幸福。還說凡是看不慣的盡可以不再登門。

有一天我在房門外聽到甫麗苔絲和瑪格麗特的對話。

幾天後，甫麗苔絲又再次登門。

我在花園的時候她進來了，她沒看到我。從瑪格麗特迎向她的模樣，我就揣度出又要重複一次我已經聽到的那種談話，我想像上次那樣再去偷聽。

兩個女人關在一間小客廳裡，我就在門外側耳細聽。

「怎麼樣？」瑪格麗特問。

「怎麼樣？我見到公爵了。」

「他對您說什麼了嗎？」

「他原諒您那次的事情，可他說，他已經知道您跟奧爾馬・狄沃爾先生公開同居了，對這件事他是不可原諒的。『只要瑪格麗特離開這個年輕人，』他和我說，『那麼我就一如既往，無論她要什麼我都給，否則她就應該死心，不要再向我要求任何東西。』」

「您是怎麼回答的？」

「我說我會把他的決定傳達給您，而且我還答應他要使您明白道理。親愛的孩子，您要考慮到您失去的地位，奧爾馬不能夠給您這種地位的。雖然他愛您一往情深，但是他沒有足夠的財產來滿足您的需要，有朝一日他總會離開您，到那時就為時已晚，公爵再也不願意為您做任何事了。您是否要我去同奧爾馬說呢？」

瑪格麗特默不作聲，彷彿在考慮。在等待她的回答時，我的心撲騰亂跳。

「不，」她回答道，「我絕對沒有可能離開奧爾馬，而且我也不再隱瞞和他同居的事實。這樣可能是做傻事，可是我愛他您讓我怎麼辦呢？而且，現在他毫無顧忌地愛我已經成了習慣了，只要一天離開一小時，他也會萬分痛苦。況且，我也行將就木了，不想再自找苦吃，去服從一個老頭的意願！只要一見他，就會使我變老。讓他留著錢吧！我不需要了。」

「可是，您以後要怎麼辦呢？」

「我也說不上來。」

甫麗苔絲大概還想答話，但是我忽然闖了進去，撲倒在瑪格麗特腳下，她的雙手被淚水沾濕了，這些都是因為聽到她這麼愛我而開心得流出來的眼淚。

「我的生命是屬於你的，瑪格麗特，你再也不需要那個公爵了，我在這兒呀！難道我會拋棄你嗎？你給我的幸福我能報答得了嗎？不要被別人約束了，我的瑪格麗特，讓我們相愛吧！其餘的事跟我們都沒有關係了！」

「嗯！是的，我愛你，奧爾馬！」她用雙臂緊緊地摟住我的脖子，喃喃道，「我愛你，愛得簡直連我自己都難以置信。我們一定會幸福的，我們要平靜地生活，以前那種讓我如今感到臉紅的生活，我要與之訣別。你一定不會責備我過去的生活，是嗎？」

我的聲音被嗚咽堵住了。我只能把瑪格麗特擁在心口。

「好啦，」瑪格麗特轉向甫麗苔絲，顫抖著聲音說。「您就把這一幕情景跟公爵說，再加上我們不需要他了。」

從這一天起，公爵再也不是問題了。瑪格麗特不再是我曾經認識的女子了。凡是能讓我想起當初我遇到她時所過的那種生活的一切情況，她都盡力避免。她給我的愛和關心，是任何一個妻子和妹妹都不能相比擬的。疾病纏身的體質，使她感情豐富，多愁善感。她和朋友們斷絕了來往，如同改變了過去揮霍無度的陋習。別人看見我們出門，坐上我買來的那條漂亮的小船在河上泛舟時，絕不會想到這個身穿普通白色連衣裙，戴著大草帽，臂上搭一件用來防禦河水寒氣的普通絲質外衣的女人，就是瑪格麗特・戈迪爾——四個月以前曾以奢侈和醜事而讓人議論紛紛。

天哪！我們匆匆地享樂，彷彿已經料到我們的好日子長不了了似的。

我們差不多兩個月沒有回巴黎了。除了甫麗苔絲和我向您提起過的朱麗・迪普拉之外，沒有人來看過我們。現在我講的那些動人的故事，就記在瑪格麗特給朱麗的手稿裡。

我整天偎依在我情婦的身旁。我們打開了面向花園的窗戶，觀賞鮮花盛開的夏季景色。我們在樹蔭下並肩領略著這真正的生活，不管瑪格麗特還是我，在此之前都從未領略過這種真正的生活。

這個女人對一些小事都會表現出孩子般的驚訝。有些日子，她就像一個十歲的小女孩一樣，在花園裡追逐一隻蝴蝶或者蜻蜓。這個風月女子以前花在鮮花上的錢，比供一個家庭快樂生活的開銷還要多。有時候她就坐在草坪上，整整坐上一個小時，看著自己用來作名字[31]的一種普通的花。

就在那段日子裡，她常常閱讀《芒努・萊斯科》。我看見她給這本小說加注許多次，而且她總是和我說，一個女人在熱戀的時候，不可能像芒努那樣做的。

公爵寫了兩三封信給她。她認出了筆跡，連看都不看便把信交給了我。好幾次這些信的措辭讓我甚為感動。

公爵原本認為，等瑪格麗特的財源斷了以後，就會再回到他身邊，但是當他看到這個方法無濟於事之後，就再也無法堅持了。他一再寫信要求像以前那樣同意他回來，不管什麼條件他都願意答應。

於是，我看過這些翻來覆去、再三哀求的信之後，便全撕了，也不告訴瑪格麗特信裡寫了什麼，更無意勸她再去見那位老人。儘管我憐憫這個可憐蟲的痛苦，但是我擔心勸告她像從前那樣重新接待公爵的話，她會覺得我是希望公爵重新負擔這座房子的花

31. 法語中瑪格麗特為雛菊的意思。

銷。不管她的愛情可能給我帶來什麼嚴重後果，我都會承擔她的生活費用的。

結果，公爵因收不到回信就再也不來信了。瑪格麗特和我繼續在一起生活，根本不考慮將來。

chapter 18 債務

要把我們的新生活鉅細無遺地告訴您是困難的。這種生活對我們來說就是一件件你儂我儂的愚事，但對聽我故事的人來說，卻是不值一提的。您瞭解愛一個女子是怎麼回事，您也瞭解白天如何變得短暫，而第二天又如何纏綿悱惻地情在床上。您也不會不知道互相信賴，你親我愛的熱烈愛情，會讓人把一切事物都拋諸腦後。在這個世界上，除了自己的意中人，其他任何存在似乎都是無意義的。人們後悔以前對其他的女人用過一番心思，此時除了自己手裡握著的手之外，看不到任何必要再去握別人的手。腦子既不思考，也不回憶。腦子裡被不斷地注入唯一一個念頭，沒有任何事情能分散這個念頭。人們每天都會在自己的情婦身上發現新的魅力和從未有過的快感。

人生不過是反覆完成持續不斷的欲望，靈魂不過是維持愛情聖火的守灶貞女[32]。

夜幕降臨的時候，我們常常坐在可以俯視我們房子的小樹林裡，傾聽著夜晚和諧歡快的天籟，都在想著不久又可以相擁到天明了。有時我們整天睡在床上，甚至都不讓陽光照進房裡。緊拉住窗簾，外界之於我們而言，暫時停止了一切活動。只有拉尼娜有權打開我們的房門，但也只是為我們送晚餐。有時我們甚至在床上就餐，還不斷打鬧嬉笑。然後再睡一會兒，我們就像兩個沉浸在愛河中的執著的潛水夫，僅僅為了換氣才浮出水面。

可是，有時我發現瑪格麗特抑鬱不樂，甚至眼淚汪汪，我問她為什麼這樣悲傷。她說：

「我們的愛情和一般的愛情不同，我親愛的奧爾馬，你就像我從來不曾委身於別人一樣愛我，但我十分害怕你以後會後悔自己的感情，對我的過去橫加指責，讓我重操舊業就像你剛接納我時一樣。如今我夢幻般地享受到了新的生活，倘若讓我重新去過從前的日子，我會活不長的。因此，請告訴我，你永遠都不會離開我。」

32. 指羅馬神廟中手持聖火供奉女灶神的童貞女。

「我對你起誓！」

聽到這樣的話，她凝視著我，似乎要看穿我的誓言是否是真的。然後她撲到我的懷裡，埋頭在我胸前，說：

「你真不知道我有多麼愛你！」

一天傍晚，我們倚在陽台的欄杆上，遙望著層雲遮掩，難得一露的月亮，傾聽樹葉被風吹動的沙沙聲。我們手牽著手，足足有一刻鐘我們噤若寒蟬，然後瑪格麗特說道：

「冬天快來了，我們離開這兒吧！」

「去哪兒呢？」

「義大利。」

「你在這兒待厭煩了嗎？」

「我害怕冬天，尤其是怕回到巴黎。」

「為什麼呢？」

「有很多原因。」

她沒有告訴我原因就接著說下去：

「你願意離開這兒嗎？我把我所有的東西都賣掉，咱們去那邊生活，不留下絲毫過去的痕跡，沒人會知道咱們是誰，你願意這麼做嗎？」

「你要是願意的話，咱們就離開，瑪格麗特。咱們去旅行一次，」我和她說，「可是你沒有必要變賣東西啊，回來的時候看到這些東西會讓你開心的。雖然我沒有那麼多的財產來負擔你的犧牲，但是咱們可以自由自在地旅行上五六個月，我的錢還是綽綽有餘的，只要這樣能帶給你哪怕一點兒快樂。」

「話說回來，還是不去的好，」她說道，離開窗，坐到房間角落的長沙發上，「何必到那兒去破費呢？在這兒我已經花了你很多錢了。」

「你這是在責備我，瑪格麗特，這根本不是推心置腹。」

「朋友，對不起，」她說，一邊向我伸出手，「這種陰雨天氣讓我火氣很大，也許我沒表達清楚我的心裡話。」

她擁吻了我一下，然後又陷入長時間的深思。

類似這樣的場面發生過幾次，儘管我不知道她這麼做的理由是什麼，但是我很清楚瑪格麗特是在為未來擔心。她是不會對我的愛情產生懷疑的，因為我對她的愛與日俱增，可是我經常看到她愁容滿面，除了推諉說身體不舒服之外，從來不跟我解釋她為什麼憂愁。

我害怕她對於這種單調的生活感到厭倦，就向她提議回到巴黎，然而她總是一口回絕，並且和我保證，沒有地方能比鄉下更讓她快樂。

甫麗苔絲平常難得來一趟，但是她常常寫信，儘管瑪格麗特一收到這些信就心事重重，但我也從未要求過看這些信，我只能去猜想信裡的內容。

一天，瑪格麗特在她房間裡待著，我走了進去，她正在寫信。

「這信寫給誰？」我問她。

「給甫麗苔絲，要不要我念信給你聽聽？」

我很憎惡自己看起來有所猜疑，我回答瑪格麗特道，我不需要知道她寫些什麼，可是我能斷定，這封信能夠告訴我她憂愁的真正原因。

第二天，天氣晴朗。瑪格麗特想和我乘船出遊，去克羅瓦西島玩。她看上去興高采烈，我們回家時都已經五點鐘了。

「托維奴瓦太太剛剛來過。」我們進門時拉尼娜說。

「她走了嗎？」瑪格麗特問。

「走了，坐夫人的馬車走的。她說這是已經講好了的。」

「很好，」瑪格麗特趕忙說，「吩咐下去給我們開飯。」

兩天以後，甫麗苔絲又來了一封信。後來的半個月裡，瑪格麗特已經不再那麼神秘莫測地發愁了，還不斷請求我原諒她。

可是馬車沒有返回。

「甫麗苔絲怎麼沒有把你的雙座四輪轎式馬車送回來？」有一天我問。

「兩匹馬當中有一匹病了，而且也要修理一下馬車。反正我們在這裡也不用坐車，趁我們回巴黎前把車修理好就行，何樂而不為呢？」

幾天之後，甫麗苔絲來看我們，她向我證實了瑪格麗特說的話。

兩個女人單獨在花園裡漫步，當我走向她們的時候，她們就改變了話題。

晚上，甫麗苔絲告辭離開的時候，抱怨天氣冷，請求瑪格麗特借給她開司米披肩。

一個月就這麼過去了，在這期間裡，瑪格麗特比過去任何時候都更快樂，也更加多情了。

但是馬車沒有返回，開司米披肩同樣沒送回來，所有這一切都讓我不由得困惑不解。因為我知道瑪格麗特把甫麗苔絲寫的信放在哪個抽屜裡，趁她在花園的時候，我跑到抽屜跟前，想方設法打開它。但是無法打開，抽屜上了兩道鎖，鎖得緊緊的。

接著我搜尋那些平時放首飾和鑽石的抽屜，一下子就打開了，但是首飾盒沒有了，裡面的東西不用說也消失不見了。

頓時一陣不安和悲哀揪緊了我的心頭。

我想去問瑪格麗特這些東西的去向，可是她一定不會和我說真話的。

「我的瑪格麗特，」於是我這麼跟她說，「我來請求你答應讓我去一次巴黎。我的家人還不知道我在哪兒，我父親也該給我來信了，他肯定十分焦急，我一定要給他寫封回信。」

「去吧，親愛的，」她對我說，「但是要早點回來。」

我離開了。我立刻去了甫麗苔絲家裡。

「甫麗苔絲，」我開門見山地對她說，「您坦率地告訴我，瑪格麗特的兩匹馬去哪兒了？」

「賣掉了。」

「開司米披肩呢？」

「也賣掉了。」

「那鑽石呢？」

「當掉了。」

「是誰給她賣掉和當掉的？」

「是我。」

「為什麼不事前告訴我？」

「因為瑪格麗特不讓我告訴您。」

「為什麼？」

「因為她不願意。」

「這些錢派什麼用場了？」

「還債。」

「這樣說來，她還欠著很多債嗎？」

「應該還欠三萬法郎左右。啊！親愛的，我不是早就和您說過了嗎？但是您不願意相信我的話，那麼現在總該相信了。以前公爵擔保的地毯商找公爵要賬的時候吃了閉門羹。第二天公爵寫信跟他說戈迪爾小姐的事和他無關了。這個商人來要錢，我們只能分期付款給他，總共幾千法郎就是我向您要的那筆。後來有些好心人提醒他說，公爵已經拋棄他的債務人了，她正和一個沒財產的年輕人同居，其他債權人也收到了同樣的消息，他們也全都來要錢，而且還封存了財產。瑪格麗特原本想統統賣掉，但是時間來不及，並且我也反對這樣做。債務是必須要還的，為了不問您要錢，她賣掉了兩匹馬、馬車和披肩，典當了首飾。您是否要看看買主的收據和當鋪的當票呢？」

於是甫麗苔絲打開了一個抽屜，把收據和當票拿給我看。

「啊！您以為，」她繼續說，那種執著的語氣就像是說她有權說「我是對的」似的，「啊！您以為只要相親相愛就足夠了嗎？以為只要一起到鄉下，過那種輕輕鬆鬆的美好生活就足夠了嗎？不夠的，我的朋友，不行的。除了這種理想生活以外，還有物質生活，最聖潔的決心也會被一些微不足道的細線與現實世界連結起來，而這些鐵都是由鐵鑄就，難於掙斷。如果說瑪格麗特從未欺騙過您，這是因為她的品性與眾不同。我勸她並沒有做錯，因為我不願意看到一個可憐的女子失去一切。她不肯聽我的話！她對我說，她愛您，絕對不會欺騙您。這一切真是太美好了，十分富有詩意，但這一切都不能當做錢來還債呀。我再跟您說一遍，如果現在沒有三萬法郎是沒法應付的。」

「那好，這筆錢由我來付。」

「您去借嗎？」

「天啊，是的。」

「我看您是要去幹蠢事了。您會和父親鬧翻的，他會切斷您的經濟來源的，況且三萬法郎是難以迅速籌畫到的。請相信我吧，親愛的奧爾馬，我對女人可比你瞭解得多。不要做這種蠢事，有朝一日您會後悔的。您要理智一些。我不是說讓你和瑪格麗特分手，而是要像夏初時那樣跟她生活，讓她自己找到辦法擺脫困境。有朝一日公爵會慢慢來找她的。德．N伯爵昨天還對我說，要是瑪格麗特肯接待他的話，他會還清她所有的債務，每個月還另外給她四五千法郎。他有二十萬里弗爾的年收入。這對她而言算是一個依靠了。而您呢，遲早是要離開她的，您不要等到傾家蕩產時再分手，再說這位德．N伯爵是個笨蛋，您完全可以繼續做瑪格麗特的情人。最開始她可能會很傷心一陣子，但是慢慢她會習慣的，總有一天她會感謝您這樣做的。您就假設瑪格麗特是一個有夫之婦，您欺騙的是她的丈夫，僅此而已。

「這些話我已經說過一遍了，不過那時還只是一個勸告，而眼下已經幾乎非這樣做不可了。」

甫麗苔絲說的話雖然很無情，但是言之有理。

「就是這麼回事，」她一邊收起剛才給我看的票據，一邊繼續說，「受人供養的女人總是盼望得到別人的愛，可是她們永遠不會愛別人，否則她們就得攢錢，到了三十歲的時候，她們就可以奢侈一下，擁有一個她們毫無所圖的情人。我呀，要是我能早明白做這樣的打算多好啊！總之，您隻字不要和瑪格麗特提，把她帶回巴黎來。你們已經在一起四五個月了，這已經很好了。閉上您的雙眼，這就是對您的要求。兩星期之後她就會接待德・N伯爵，今年冬天她能夠有所積蓄，明年夏天你們就可以從頭開始了。必須這樣做，親愛的！」

甫麗苔絲似乎對她自己的忠告沾沾自喜，而我卻憤怒地回絕了。

不僅僅因為我的愛情和我的尊嚴不允許我接受，而且我深信瑪格麗特寧死也不願意再過從前那種委曲求全的生活了。

「我跟您說過了，大概三萬法郎。」

「什麼時候要這筆錢呢？」

「兩個月之內。」

「放心吧，她會有那筆錢的。」

甫麗苔絲聳聳肩。

「我會把這筆錢交給您的，」我繼續說，「但是您要發誓，千萬不能告訴瑪格麗特是我給您的。」

「您放心。」

「如果她再托您賣掉或者當掉其他東西，您就來通知我。」

「不用擔心，她已經沒有什麼了。」

然後我決定先回家去看看是否有父親的來信。

一共有四封。

chapter 19 思想上的距離

在前三封信裡，父親因為我杳無音訊而擔憂，問我是什麼原因。在最後一封信中，有人已經把我生活中的變化告訴他，他通知我說不久就要趕來巴黎。

我向來很尊敬父親，並對他懷有十分真摯的愛。因此，我回信給他說，我之所以杳無音訊是因為做了一次短途旅行，並請他預先告訴我到達的日期，我好去接他。

我告訴了我的僕人我在鄉下的地址，並吩咐他一收到蓋有C城的郵戳的來信就送來，然後我立刻回到布吉瓦爾。

瑪格麗特在花園門口等著我。她的眼神充滿忐忑。她一把摟住我的脖子，按捺不住地問我：

「你遇到甫麗苔絲了嗎？」

「沒有。」

「你為什麼在巴黎待了這麼久？」

「我收到了父親的幾封信，我必須給他回信。」

過了一會兒，拉尼娜進來了，氣喘吁吁地。瑪格麗特站起身來，走過去和她低聲說了幾句。

拉尼娜出去之後，瑪格麗特重新坐到我旁邊，握住我的手說：

「你為什麼騙我？你去甫麗苔絲家了？」

「誰跟你說的？」

「拉尼娜。」

「她怎麼知道的？」

「她一直跟著你。」

「是你讓她跟著我的嗎？」

「是的。你已經四個月沒有離開我身邊了，我想你到巴黎去肯定是有重大的原因。我怕你發生不幸，或者說不定去看別的女人。」

「你真是孩子氣！」

「現在我放心了，我知道你都做了些什麼，但是我還不瞭解別人都和你說了什麼。」

我拿出父親的來信給瑪格麗特看。

「我不是問你這個，我想知道的是，你為什麼去甫麗苔絲家？」

「去看看她。」

「你撒謊，我的朋友。」

「那麼，我是去問她你的馬車修好了沒有，你的披肩和首飾她還需不需要？」

瑪格麗特漲紅了臉，但是她一聲不吭。

「所以，」我繼續說，「我也就知道了你把你的馬匹、披巾和鑽石都派了什麼用場了。」

「那你怪我嗎？」

「我是怪你沒有告訴我。」

「像我們這樣的關係，要是女方還有一絲自尊心的話，她就該做出全部的犧牲，而絕不向她的情人要錢，否則她的愛情就和賣淫無異。你愛我，我確信無疑，但是你不明白，雖然別人心中對我這樣的女人懷有愛意，但維繫著這份愛的線是多麼脆弱。誰能料到呢？或許在面臨困難或者煩惱的某天，你會把我們的愛情看作一次策劃精心的買賣。甫麗苔絲喜歡多嘴多舌。我要這兩匹馬還有什麼用！我賣掉牠們還能節省一筆開銷呢；

我可以不需要馬，也不用再為牠而花銷；只要你愛我，我別無所求，就算沒有馬、披肩和鑽石，你也會一樣愛我。」

瑪格麗特講這些話的語氣很自然，我聽得禁不住流下眼淚。

「但是，我的好瑪格麗特，」我深情地緊握著情人的雙手回答說，「你很明白，這種犧牲有朝一日我總會知道的，那時我會受不了的。」

「為什麼受不了呢？」

「因為，親愛的，我不想你因為對我的一片深情而犧牲你的東西，哪怕一件也不行。我同樣不希望你在困難或煩惱的時候會想，假如你和別的男人同居的話，這種情況就不會發生。我還不想你哪怕有一分鐘後悔跟了我。再過兩天，你的馬、鑽石和披肩都會重新回到你的手裡。這些東西對你而言就像空氣對於生命一樣是須臾不可或缺的。這或許很可笑，但是，我更喜歡讓你過豪華的生活而不是樸素的生活。」

「這樣說，你不愛我了。」

「你瘋了才說這樣的話！」

「要是你愛我的話，你就會讓我以我的方式來愛你。否則，你不過是仍舊把我看成一個奢靡成性的女子，而總覺得非得給我錢。你羞於接受我真誠愛情的證明。即使你，你也想著有朝一日要離開我，因此你小心翼翼把你的疑慮掩飾起來。你是對的，我的朋友，但是我曾經的希望比這要大得多。」

瑪格麗特動了一下，想站起來，我拉住她說：

「我希望你快樂，希望你沒有什麼可以責備我的，僅此而已。」

「那麼我們就要分手了！」

「瑪格麗特，為什麼？誰能分開我們？」我大聲嚷道。

「你，你不肯讓我瞭解你的處境，你要我保持我的虛榮心來使你的虛榮心得到滿足；你想要我保持曾經的奢華生活，你想維持把我們分隔開的思想上的距離；是你，總之，你不相信我對你的愛情是無私的，足以和你同甘共苦，我們本來可以用你的這筆財產生活得很幸福，但是你卻寧可把自己弄得傾家蕩產，你這種偏見真是太根深蒂固了。你覺得我會把我們的愛情和馬車、首飾相提並論嗎？你覺得我會把虛榮當做幸福嗎？一個心中毫無愛情的人可以滿足於虛榮，可一旦有了愛情，虛榮就變得庸俗不堪了。你要替我償還債務，花光自己的錢，最後由你來供養我。就算這樣又能維持多久呢？兩三個月？那時候再按我的方法去生活就太遲了，因為到那時你一切還得聽我的，而一個堂堂男子漢是不屑於這樣做的。現在你每年有八千到一萬法郎的入帳，有了這筆收入我們便能過日子了。我賣掉我多餘的東西，這樣每年就會有兩千里弗爾收入。我們可以租一套漂亮的小公寓，兩個人住在裡面。夏天我們就去鄉下避暑，不用住現在這樣的房子，有一座夠兩個人住的小房子就可以了。你毫無牽掛，我也自由自在，我們還很年輕。看在上天的分上，奧爾馬，不要讓我再陷入從前那種迫不得已的生活。」

我無言以對，感激和愛情的淚水濕潤了我的雙眼，我撲到瑪格麗特的懷抱之中。

「我原本想，」她接著說，「瞞著你把一切安排好，把我的債還清，叫人佈置好我的新居。到十月，我們回巴黎的時候，一切都已就緒。但是，既然甫麗苔絲已經對你全盤托出了，那你就得事先同意，而不是事後默許。你能愛我到這般程度嗎？」

如此的犧牲精神讓人無法拒絕。我熱烈地吻著瑪格麗特的雙手，對她說：

「我對你唯命是從。」

她所作的計畫就這樣說定了。

於是她欣喜若狂。她唱啊，跳啊，為她簡樸的新居歡慶，我們已經商量好在哪個街區找房子和如何佈置了。

我看到她為這個計畫既高興又自豪，彷彿這樣一來我們就一定能使我們最終結合在一起。

對此我也不願意欠她的恩情。

我瞬間對我的生活做出了決定。我對自己的財產做出了安排。我把得自母親的錢贈給瑪格麗特，可我覺得這筆錢遠遠不足以抵償剛剛所接受的她的犧牲。

我還剩下父親給我的每年五千法郎生活費，不管發生什麼事情，有這筆資金作為生活費總該足夠了。

我沒有告訴瑪格麗特我的安排，因為我深信她一定會拒絕這筆贈予的。

這筆年金是一座價值六萬法郎的房子的抵押費，我從來沒有見過這座房子。我只是知道每一季度，我父親的公證人——我家的一位老朋友——都要交給我七百五十法郎而我只需要給他一張收據而已。

在瑪格麗特和我回巴黎找公寓的那天，我去找了這位老朋友，問他我應該辦哪些手續才能把這筆錢轉讓給其他人。

這個好心人以為我破產了，便問我為什麼做出這個決定。因為遲早得告訴他這筆贈予的受惠人是誰，我倒不如馬上告訴他實情。

作為公證人或者朋友，他當然可以向我提出異議，但他沒有這麼做，而是向我保證，他會負責盡力安排好一切。

我自然叮囑他一定要對我父親守口如瓶，隨後我去找瑪格麗特，她在朱麗・迪普拉家裡等我。她寧可到朱麗家而不願去聽甫麗苔絲的教訓。

我們開始到處找房子。我們所到過的地方，瑪格麗特都覺得房租太貴了。我則覺得太簡陋了。不過我們最後達成了一致意見，決定租巴黎最清靜的街區之一的一間小屋，它是獨立在主樓之外的。

在這所小房子後面還附有一個迷人的小花園，花園四周是高低適宜的圍牆，既能隔開我們和鄰居，又不至於阻擋我們看到美麗的風景。

這比我們預先的期望好多了。

我回家打算退掉以前那套公寓，在這期間瑪格麗特去找一個經紀人，根據她說，這個人以前曾為她的一個女友辦過她要托他辦的事。

她歡天喜地回到普羅旺斯街來找我。這個經紀人答應替她還清一切債務，把收據交給她，再給她兩萬法郎，作為放棄所有傢俱的補償。

從出售的價錢來看，您不難看出這個正派人賺了他的主顧三萬多法郎。

我們高高興興地動身回布吉瓦爾，同時繼續談論著未來的計畫。由於我們無憂無慮，尤其是我們一往情深，我們看到前景金光閃耀。

一個星期以後，我們正在吃午飯的時候，拉尼娜忽然進來對我說，我的僕人要見我。

我讓他進來。

「先生，」他對我說，「您的父親已經到了巴黎，請您立即回家，他在家裡等您。」

這個消息原本是一件再普通不過的事情，但是，瑪格麗特和我聽到後卻面面相覷。

我們預感到大禍臨頭了。

因此，雖然她沒有把我們不約而同產生的想法告訴我，我還是把手伸給她，回答說：

「什麼也不用擔心。」

「你盡可能早些回來，」瑪格麗特擁吻著我喃喃地說，「我在窗口等你。」

我派約瑟夫去告訴我父親我立刻就到。

果然，兩小時之後，我人已經在普羅旺斯街了。

chapter 20

愛情和親情

我父親穿著室內便袍，坐在我的客廳裡寫信。從我進去時他抬眼看我的神情裡，我立即明白他要談非常嚴重的事情。

但我像沒有猜透他的臉色那樣，走上前去和他擁抱。

「您是什麼時候到的，父親？」

「昨天晚上。」

「您還是和往常一樣，在我家裡住宿嗎？」

「是的。」

「我沒有在家接待您，很抱歉。」

說完這幾句話以後，我就等著父親的訓導，他冷冰冰的臉色向我預示了這種跡象。

然而他一聲不吭，封好他剛剛寫好的那封信，交給約瑟夫寄出去。

待到屋子裡只剩下我們兩人時，父親站起來，倚靠在壁爐上對我說：

「親愛的奧爾馬，我有些嚴肅的事情要和你談。」

「我聽著，父親。」

「你能答應我實話實說嗎？」

「我一向如此。」

「你在和一個叫做瑪格麗特・戈迪爾的女人同居，真是如此嗎？」

「是。」

「你知道她是一個怎樣的女人嗎？」

「一個受人供養的女人。」

「就是因為她，你今年才忘了來看我和你妹妹嗎？」

「是的，父親，我承認。」

「這樣說來，你很愛這個女人囉？」

「這您一看就明白，父親，正是因為她才使我耽誤了履行必須的責任，所以我誠惶誠恐地請求您的原諒。」

我父親一定沒有預料到我會這樣毫不含糊的回答，因為他好像沉吟了一下，然後對我說：

「你難道不明白你是不能一直這樣生活下去的嗎？」

「我有過這樣的擔心，父親，但是，我不清楚為什麼會這樣。」

「但是你應該想到，」我父親用一種更生硬的語氣接著說，「我是不會容忍你這麼做的。」

「我想只要我不玷污門風，辱沒姓氏，我就可以過現在這樣的日子，正是這些想法才使我安詳度日。」

愛情和親情進行著激烈的抗爭。為了保護瑪格麗特，我準備鬥爭到底，不惜反抗我的父親。

「那麼，如今到了改變你生活方式的時候了。」

「唉！為什麼呢，父親？」

「因為眼下你正在做敗壞門風的事，而且你也認為應該維護門風。」

「我不明白您這些話的意思。」

「我這就和你解釋，你有一個情婦，這非常好。你像一個風雅人士那樣養著一個妓女，這好極了。但是為了她，你居然忘記了你最神聖的責任，你任由你的生活醜聞傳到我們外省的家鄉，玷污了我們家體現的門風，這就是不能容忍的，也不允許再出現的。」

「父親，請聽我說，那些搬弄是非的人並不瞭解我的情況。我是戈迪爾小姐的情人，我和她同居，這事極其平常。我並沒有把得之於您的姓氏給戈迪爾小姐，我在她身上花的錢是我的收入所允許的，我也沒有欠債。總之，我的所作所為沒有任何一點值得您責備的。」

「看到兒子誤入歧途，做父親的總是有義務將他拉回正途。儘管你還沒有做什麼壞事，但你以後會做的。」

「父親！」

「先生，我比你更明白人生。對於人生我總比你更有經驗。只有真正聖潔的女人才能有真正純潔的愛情。凡是芒努都會有一個德·格里厄，現在時代和風尚都變了。假如社會不能循序漸進，那麼也只算得上是虛度歲月了。你必須和你的情婦分手。」

「很遺憾我不能順從您，父親，這是不可能的。」

「你必須得同意。」

「不幸的是，父親，流放妓女的聖瑪格麗特群島已經消失了。而且即便存在，您又能把她押送到那兒去的話，我也會跟著她一起去的。您叫我有什麼辦法？也許是我錯了，但是我只有在做這個女人的情人時才會感到幸福。」

「喂，奧爾馬，你要睜開雙眼看清楚，你得承認你父親始終很愛你，一心期盼你能幸福。您像丈夫一樣和一個人盡可夫的女子同居，難道覺得很體面嗎？」

「只要以後不再有人佔有她，父親，那又有什麼關係呢！只要那個女人愛我，只要我們因相愛而獲得新生，總之，只要她改邪歸正，那又有什麼關係呢！」

「啊！奧爾馬，如此說來，你認為一個重視榮譽的人，他的責任就是使妓女改邪歸正嗎？難道你認為上帝會把這樣荒誕的使命給予人生嗎？一個人心裡難道不該有其他熱情嗎？你到了四十歲，這種不可思議的熱情會有什麼結果呢？對你今天所說的話又會作何感想呢？假如這種愛情在你過往的歲月中還沒有留下太深的印記，假如到時你依然笑得出來的話，你自己也會為這種愛情覺得羞恥的。假如你的父親以前也跟你想法一樣，任憑他的人生受這種愛情衝動擺佈，而不是憑藉榮譽和正直的思想去成家立業的話，你如今又會是什麼樣的情況呢？你考慮一下吧，奧爾馬，不要再講這種蠢話了。好了，離開那個女人吧，你的父親懇求你這麼做。」

我一聲不吭。

「奧爾馬，」父親繼續說，「請看在你聖潔的母親的分上，相信我，離開這種生活，你馬上會遺忘它的，比你所想像的還要快得多。你對待這種生活的態度是行不通的。你已經誇大了你們的愛情，把它想像得太偉大了。你斷送了一生的前程。再走一步你就會無法自拔，像陷入泥淖一樣，一生都要為青年時期的失足而悔恨。走吧，去你妹妹那兒過上一兩個月。休息和親情的溫暖很快就會醫好你這種狂熱的，因為這也只不過是一種狂熱而已。

「在這期間裡，你的情婦也會聊以自慰的，她會再找其他情人。當你看到自己為了這樣一個女人而幾乎和你父親鬧翻，失去他的慈愛，你就會明白，我今天來找你是做得很對的，那時候你就會感激我的。

「好了，你會離開她的，奧爾馬，是嗎？」

我覺得父親的話對所有其他的女人來說是適用的，但是我深信他的話不適用於瑪格麗特。但是，他對我說的最後幾句話的語氣是那麼溫柔、哀求，我都不敢答他的話。

「怎麼樣？」他聲音有點激動地問。

「不怎麼樣，父親，我不能答應你什麼，」我終於說，「您讓我做的事超出了我的能力範圍。請相信我，」我看見他做了個不耐煩的動作，便繼續說道，「您把這種關係的後果看得太過嚴重了。瑪格麗特並不是您想像的那種女人。這種愛情不但不會把我引入歧途，反而能夠激發我身上最真摯的感情。真正的愛情始終是使人進步的，不管激起這種愛情的女子是什麼人。如果您認識瑪格麗特的話，您就會明白我不會有危險的。她像所有純潔的女人一樣冰清玉潔。別的女人有多麼貪婪，她就有多麼無私。」

「這倒並不妨礙她得到你的全部財產，因為你已經把你母親留給你的六萬法郎全都給了她。這六萬法郎是你全部的財產，你千萬要記住我對你說的話。」

我父親或許有意最後講這句威脅的話，當做給我的最後一擊。

但是我面對威脅比在婉言懇求面前更加堅不可摧。

於是我繼續說：「誰告訴您我要把這筆錢贈給瑪格麗特？」

「我的公證人。一個上流社會有信譽的人能不通知我就辦這麼一件事嗎？好吧，我正是為了不讓你為了一個女人而做敗家子才來巴黎的。你的母親在臨死的時候留下這筆錢給你，是讓你體體面面地過日子，而不是要你在情婦面前擺闊的。」

「我向您發誓，父親，瑪格麗特不知道我的贈予。」

「那您為什麼要這樣做呢？」

「因為瑪格麗特，這個受到您污蔑的女人，這個您要我拋棄的女人，為了和我在一起，犧牲了她擁有的全部。」

「而你當仁不讓這種犧牲？那麼你算是什麼男人呢？先生，你居然同意這位瑪格麗特小姐為你犧牲她的全部？好了，夠了，你必須得離開這個女人。剛才我對你是懇求，現在是命令。我不允許在我家裡發生這樣的醜事。把你的行李打點好，準備跟我一起離開吧！」

「請原諒我，父親，」我說，「我不離開。」

「什麼？」

「因為我已經長大成人了，可以不服從您的命令了。」

聽到我的回答，父親的臉色變白了。

「很好，先生，」他又說，「我知道該怎麼做了。」

他搖鈴。我的僕人進來了。

「把我的行李送到巴黎旅館去。」他對我的僕人說。同時走進他的臥室穿上衣服。

他出來時，我向他迎了過去。

「父親，」我對他說，「您能否答應我不要做使瑪格麗特難過的事？」

我的父親停住腳，用輕蔑的目光盯著我，僅僅回答我說：

「我想你是瘋了。」

然後他就出去了，使勁關上了身後的門。

我也跟著下了樓，搭上一輛雙輪輕便馬車回布吉瓦爾去了。

瑪格麗特在窗口等著我。

chapter 21 傷心的真正原因

「總算回來了！」她嚷著撲到我脖子上說。「你可回來啦！你的臉色多麼蒼白啊！」

於是我向她講述了和父親爭吵的場面。

「啊！天哪！我已料到了，」她說，「當約瑟夫來通知我們說你父親來了的時候，我像聽到大禍臨頭的消息般渾身瑟瑟發抖。可憐的朋友！都是我讓你這麼煩惱的。也許你離開我會比跟父親鬧翻更好一些。可是我絲毫也沒有對不起他呀。我們安安生生地過日子，將來還會過得更加安分守己。他明明知道你需要一個情婦，我做你的情婦，他本該感到高興的呀，因為我愛你，又不奢望超過你的境況所允許的享受。你有沒有告訴他我們未來的計畫？」

「講過了，正是這讓他火冒三丈，因為他在這個決定裡面看到了我們相愛的證明。」

「那怎麼辦呢？」

「待在一起，我的好瑪格麗特，讓我們等待這場暴風雨過去吧。」

「會過去嗎？」

「肯定會過去的。」

「可是你父親會就此甘休嗎？」

「你說他會做什麼呢？」

「我怎麼能知道呢？父親為了逼迫兒子服從他的意願，什麼事都幹得出來的。他為了讓你離開我，會使你想起我過去的生活，也許還會賞臉給我，杜撰出一些新鮮事來。」

「你很清楚我愛你。」

「是的，但是我也知道你遲早還是會聽你父親的話的，最後你大概會被他說服的。」

「不會的，瑪格麗特，最後會是我說服他。他是聽了幾個朋友的閒話，才大發雷霆的，但是他心地善良，為人正直，他會改變心意的。總而言之，這和我有什麼關係呢！」

「不要這麼說，奧爾馬，我寧可忍辱負重，也不願意別人以為是我慫恿你和你的家人決裂的。今天就這樣吧，明天你就回巴黎去。你父親會從他的角度做出考慮，就像你也會從你的角度考慮一樣，也許你們會言歸於好的。不要冒犯他的原則，裝作對他的意願做出讓步，不要顯得太依戀我，他就會讓事情順順利利過去的。要樂觀一些，我的朋友，要對這一點有信心：無論發生什麼事，瑪格麗特始終是忠於你的。」

「你向我發誓嗎？」

「需要我向你發誓嗎？」

聽從意中人的規勸，是多麼幸福甜蜜啊！瑪格麗特和我兩個人一整天都在反覆談論我們的計畫，彷彿我們已經懂得了需要更快地實施這些計畫。我們時刻都在預料會發生什麼事，萬幸這一天總算過去了，沒有出現新情況。

第二天，我十點鐘就出發了，中午時分來到飯店。那時，我父親已經出去了。

我回到自己家裡，希望他可能到那兒去了。然而沒有人來過，我又去了公證人家裡，沒見人！

我再次回到飯店，一直等到六點鐘，父親還沒有回來。

我又踏上了回布吉瓦爾的路。

我看到瑪格麗特，她並沒有像昨天那樣等我，而是坐在爐火旁邊，當時的季節已經需要生爐子了。

她沉浸在深深的思索之中，連我走近她的扶手椅她都沒有聽到，也沒有回頭。當我把嘴唇貼在她的額角上時，她哆嗦了一下，彷彿是這一吻驚醒了她一般。

「你把我嚇了一跳，」她對我說：「你父親呢？你們談得怎麼樣？」

「我沒有見到他。我不知道到底是怎麼一回事。無論在飯店裡，還是在他可能去的地方，我都沒有找到他。」

「好吧，那明天再去吧。」

「我想還是等他派人來找我吧。凡是我應該做的，我想我都做了。」

「不，我的朋友，這麼做還遠遠不夠。你一定要回去找你的父親，特別是明天。」

「為什麼非得是明天而不是其他的日子呢？」

「因為，」瑪格麗特說，我看到她的臉色泛起紅潮，「因為你要求得越是急迫，我們將越快得到原諒。」

這一天剩下的時間裡，瑪格麗特總是若有所思，憂心忡忡，心不在焉。為了得到她的回答，我對她說話，不得不說上兩遍。我把她這種心事重重，歸諸於這兩天來發生的突如其來的事，讓她對前途產生的擔憂。

整個晚上我都在安慰她。第二天，她帶著我無法理解的惴惴不安催促我動身。

和昨天一樣，父親不在飯店，但是他在出去的時候留給我一封信：

如果你今天又來看我，請等我到四點鐘。如果四點鐘我還沒有回來，那麼明天來跟我一起吃飯，我必須要跟你好好談一談。

我一直等到信上的時間——四點鐘。然而父親沒有回來，我就走了。

昨天我發現瑪格麗特愁眉苦臉，這一天我看到她焦躁不安，情緒異常激動。看到我進屋，她緊緊撲到我的脖子上，在我的懷裡哭了很久。

我問她為何突然如此悲傷，可是她看起來更傷心了，這使我感到驚慌不安。她沒有告訴我任何說得過去的理由，她所說的話，全是一個女人不願意說實情時所找出的藉口。

等她心情稍微平靜一些之後，我告訴了她這次奔波的具體情況。我又給她看父親的信，依據信上所說的，我們可以期望有好結果。

看了這封信，又聽到我的分析，她更是淚水漣漣，我不得不叫來拉尼娜。我們擔心她精神上受了刺激，讓這個只知道痛哭流涕而一言不發的可憐女子到床上躺下，但她握著我的手不停地吻著。

我問拉尼娜，在我出門的時候，她的女主人是否收到什麼信，或者有什麼客人來過，才讓她變成這副樣子。可是拉尼娜回答我說沒有誰來過，也沒有誰送過什麼東西。可是，從昨天起肯定發生過什麼事，瑪格麗特越是瞞著我，我越是感到忐忑不安。

傍晚，她看起來稍微平靜了一些。她叫我坐在她的床畔，又長時間地對我重申她的愛堅如磐石。然後，她對我微笑，可是很勉強，因為不管她怎麼克制，總是淚水盈眶。

我想方設法要她講出傷心的真正原因來，但她翻來覆去地對我說一些我已經和您說過的那些模棱兩可的理由。

她終於在我懷裡睡著了，然而這種睡眠不僅不能使她的身體得到休息，反而只會摧殘她的身體。她不斷地做夢，又突然驚醒，等她確定我確實在她身邊時，她就要我發誓永遠愛她。

這樣斷斷續續的痛苦一直延續到第二天早上，我絲毫不清楚是因為什麼。接著瑪格麗特迷迷糊糊地睡著了。她已經有兩個晚上沒有合眼了。

這次休息時間也不長。大約十一點鐘的時候，瑪格麗特醒了，看到我已站起身，她環顧四周，大聲地說：

「這麼說，你已經要走了嗎？」

「不，」我緊握她的雙手說，「但是我想讓你再睡一會兒，時間還早著呢。」

「你打算幾點鐘去巴黎？」

「下午四點鐘。」

「這麼早？在這之前你會一直陪在我身邊嗎？」

「當然啦，我不是一直這麼做嗎？」

「真是太好了！我們一起去吃午飯好嗎？」她不經意地說。

「要是你願意的話。」

「然後一直到你離開，你都抱著我好嗎？」

「好的，而且我會儘量早點回來。」

「你還會回來嗎？」她用一種驚恐不安的目光看著我說。

「當然啦。」

「不錯，今天晚上你一定得回來的，我會像平時一樣等著你。你依然愛我，我們仍舊像相識以來那麼幸福。」

這些話說得斷斷續續，她似乎一直有什麼難言之隱，以至於我時刻害怕瑪格麗特會陷入瘋狂。

「聽我說，」我對她說，「你病了，我不能這麼丟下你不管。我要寫信告訴父親，讓他不要等我了。」

「不！不！」她忽然嚷道，「不要這樣，不然你的父親會怪我的，在他想要見你的時候，我阻止你到他那裡去。不，不，你必須得去，必須去！再說我也沒有生病，我身體非常好。我僅僅是做了一個噩夢，我神志還沒有徹底清醒過來呢。」

從這以後，瑪格麗特強顏歡笑，她不再流淚了。

時間到了，我不得不走了，我擁吻她，問她是否願意陪我去火車站。我希望散步可以使她心裡感到寬慰，新鮮空氣會對她的身體有好處。

我很想儘量和她多待一會兒。她同意了，穿上一件外套，和拉尼娜一起陪我去，免得回來時孤獨一人。

多少次我簡直都要決定不離開了。但是，那種快去快回的希望和擔心引起父親對我不滿的顧慮支撐著我終於乘上火車離開了。

「晚上見，」在分手時我對瑪格麗特說。

她默不作聲。

她曾經有一次不回答我這句話。您還記得吧，有一次，德・G伯爵在她家裡過了一夜。但是時間隔得太久了，我差不多已經不記得了。如果這時候我擔心發生什麼事，當然不再是擔心瑪格麗特在這方面欺騙我了。

到了巴黎後，我直接跑到甫麗苔絲家裡，懇請她去探望瑪格麗特，希望她的熱情和活潑能讓瑪格麗特的心情好起來。

我沒有讓僕人傳話便徑直闖了進去，甫麗苔絲正在梳妝打扮。

「啊！」她惴惴不安地對我說，「瑪格麗特沒有和您一起來嗎？」

「沒有。」

「她身體還好嗎？」

「她身體不舒服。」

「她今天不會來了嗎？」

「她今天要來嗎？」

托維奴瓦太太漲紅了臉，有點窘迫地回答我說：

「我的意思是，既然您來了巴黎，難道她不來這兒和您會面嗎？」

「她不來。」

我望著甫麗苔絲，她垂下雙眼，從她的神情上可以看出她好像怕我賴著不走。

「我就是來邀請您的，親愛的甫麗苔絲，如果您無事可做的話，請您今晚去看看瑪格麗特。您去多陪陪她，還可以就在那裡睡。我從來沒有見過她像今天這般模樣，我真的擔心她要病倒。」

「今晚我要在城裡吃飯，」甫麗苔絲回答說，「不能去拜訪瑪格麗特，但是明天我可以去看望她。」

我向托維奴瓦太太告辭，她幾乎和瑪格麗特一樣心事重重。我到了父親那裡，他仔細端詳了我一番。

他向我伸出手來。

「你兩次來看我讓我很高興，奧爾馬，」他對我說，「這使我生出了希望，你或許像我為你考慮一樣也設身處地為我考慮過了。」

「我能否冒昧地問您一下，父親，您考慮的結果怎麼樣？」

「結論是：我的孩子，我過於誇大了別人傳聞的嚴重性，我決定對你稍許寬容些。」

「您說什麼，父親！」我高興地喊了出來。

「我說，親愛的孩子，每個年輕人都有一個情婦，而且根據我所瞭解的情況，我倒寧願你的情婦是瑪格麗特小姐而不是其他人。」

「我親愛的好父親！您使我多麼高興啊！」

我們就這樣談了一會兒，然後一起吃了飯。整個晚餐期間，父親看上去很親切。

我急於想回到布吉瓦爾，告訴瑪格麗特這個可喜的轉變。我不停地望著牆上的掛鐘。

「你在看時間，」父親對我說，「你急於想離開我嗎？噢！年輕人！你們總是這樣，犧牲真摯的親情去換靠不住的愛情。」

「不要這麼說，父親！瑪格麗特愛我，我對這是確信無疑的。」

父親沒有吭聲，他似乎既不懷疑，也不相信。

他再三堅持要我和他一同度過那個夜晚，第二天再走，但是我告訴他，我撇下瑪格麗特時她正在生病。我請求他答應我早些回去看她，並答應他第二天再來。

那晚光風霽月，他要一直陪我到月台。我從來沒有如此神清氣爽過。我長久以來所追求的生活終於展現在我眼前了。

就在我要動身的時候，他再次要我留下來，可是我拒絕了。

「看起來，你果然很愛她囉？」他問我。

「愛得發瘋。」

「那麼你就走吧！」

他用手抹了一下前額，好像要驅走一個什麼念頭，然後張開嘴，彷彿要跟我說什麼似的。但是他只是握了握我的手，突然地走了，一邊對我大聲喊道：

「好吧，明天見！」

chapter 22

瑪格麗特的出走

我覺得火車彷彿沒有開動一般。十一點鐘的時候，我回到了布吉瓦爾。

房子裡沒有一扇窗戶有亮光，我拉鈴，卻沒有人回應。

我還是第一次遇到這種情況。後來園丁總算出現了，我走了進去。

拉尼娜手拿一盞燈向我走過來。我進了瑪格麗特的房間。

「夫人呢？」

「夫人去巴黎了，」拉尼娜回答道。

「去巴黎了？」

「是的，先生。」

「什麼時候去的？」

「您走以後一個小時。」

「她沒有什麼話留給我嗎？」

「沒有。」

拉尼娜離開了。

「她可能有什麼擔心，」我想，「也許去巴黎是為了證實我對她說去找父親是否只是一個藉口，為的是得到一天的自由時間。」

「說不定甫麗苔絲有什麼要事寫信給她，」當剩下我單獨一人的時候，我心想，「可是我在巴黎見過甫麗苔絲，在我們的談話中，我一點也聽不出她給瑪格麗特寫過信的意思。」

驟然間我想起了當我對托維奴瓦太太說瑪格麗特生病時，她問了我一句話：「那麼說，她今天不會來了嗎？」這句話似乎洩露了她們有約會，同時我又想起了我打量她的時候，甫麗苔絲的神態很尷尬。除此之外，我又回想起瑪格麗特整天以淚洗面。只是後來由於父親對我笑臉相迎，這才讓我把她的哭泣給忘了。

從這時起，發生在這一天之內的全部事情，都圍繞著我產生的第一個懷疑，這種疑惑在我的腦海裡越來越堅定，所有一切，一直到父親對我的寬容大度都證實了我的懷疑。

瑪格麗特差不多是逼著我到巴黎的，我一提出要留在她身邊，她就假裝平靜下來。我是不是落入了什麼圈套？瑪格麗特欺騙了我嗎？她是否本來打算要及時趕回來，不讓我發現她曾去過巴黎，但由於發生了什麼偶然的事把她拖住了呢？為什麼她隻字不對拉尼娜提及，又不寫幾個字給我呢？這些哭泣、她的走，這些神乎其神的事情究竟意味著什麼呢？

我在這間空蕩蕩的屋子裡，惶恐不安地思考著這些問題。我目不轉睛地盯著牆上的掛鐘，時間已經到了半夜。彷彿在告訴我，時間已經太晚了，我沒希望看到我的情婦回來了。

可是，不久之前我們剛安排了今後的生活，她做出犧牲，我也接受了。難道她真的在欺騙我嗎？不會的，我竭力要摒棄我剛才的那些假想。

「這個可憐的女子也許是為她的傢俱找到了一個買主，她到巴黎洽談去了。她不想事先讓我知道這件事，因為她知道，儘管這次賣掉傢俱對於我們未來的幸福生活十分必要，而且我也同意了，可是這對我來說依然很難堪。她怕對我明說了會傷我的自尊心和脈脈溫情。所以她寧願待一切辦妥了之後再重新露面。顯然甫麗苔絲就是為了這件事在等她，而且在我面前露了餡。大概今天瑪格麗特還不能完全辦妥這件事，留在甫麗苔絲家裡。興許她一會就會回來，因為她應該想到我會焦慮不安，肯定不會把我就這樣丟在家裡不管的。

「可是，她為什麼總是淚流不止呢？不用說，是因為儘管她很愛我，可是這個可憐的女子捨不得放棄奢華的生活，不能不哭哭啼啼。現在她已經過慣了這種生活，舒舒服服的，別人也羨慕不已。」

我非常能諒解瑪格麗特這種留戀不捨的心情。我焦躁不安地等著她回來，我要好好地把她吻遍，並對她說，我已猜到她為什麼神秘出走了。

然而，夜深人靜了，瑪格麗特仍然沒有回來。

我越來越感到焦急不安，心越收越緊。她不會出了什麼事吧！她會不會受了傷，病了，死了！也許我會馬上就看到一個報信的人來宣佈什麼噩耗！興許一直到天亮，我依然陷在這捉摸不定和擔驚受怕之中！

瑪格麗特的出走讓我惶恐不安，在我提心吊膽地等待她時，她會不會欺騙我呢？這樣的想法不再在我腦海出現。一定是有一種身不由己的原因拖住了她，讓她無法回到我的身邊。我越想，越相信是這種原因。噢，人的虛榮心啊！你的表現方式真是千變萬化。

一點剛剛過。我心想，我再等她一個小時，但是，要是到了兩點鐘瑪格麗特還沒有回來，我便動身去巴黎。

在等待的這段時間裡，我找了一本書看，因為我不敢多想。《芒努・萊斯科》翻開在桌子上。我覺得書頁上有許多地方都被淚水濡濕了。看了一會兒之後，我又合上了書。因為我疑慮重重，書上的字母對我來說毫無意義。時間在慢慢地流逝，天空中烏雲密佈，一陣秋雨不斷地抽打著玻璃窗。我不時地覺得空蕩蕩的床鋪看上去好像一座墳墓。我不由得害怕起來。

我打開門，側耳細聽，除了樹林裡嗚嗚的風聲外什麼也沒聽到。馬路上車輛絕跡。教堂的鐘悽慘地敲響了半點鐘。

我反而害怕有人進來了。我感覺在這種時候，在這樣陰森的天氣裡，絕不會是什麼好事來找我。

兩點鐘敲過了，我再等了一會兒。唯有牆上時鐘那單調而有節奏的滴答聲打破寂靜。然後我離開了這個房間，由於內心的孤獨和不安，我感覺連這個房間裡最小的物件也都蒙上了一層憂鬱的色彩。

在隔壁的房間裡，我看見拉尼娜扒在她的活計上面睡著了。聽到門的響聲，她驚醒了，問我是否是她的女主人回來了。

「不是的。不過，要是她回來了，你就和她說，我實在是放心不下，去巴黎找她了。」

「現在這種時候去嗎？」

「是的。」

「可怎麼去呢？現在叫不到馬車了。」

「我步行去。」

「可是在下雨呢。」

「我不在乎。」

「夫人會回來的，再說即便她不回來，等到天亮以後去看她被什麼事耽擱了，也來得及呀！您這樣在路上是很危險的。」

「不會有危險的，親愛的拉尼娜，我們明天見。」

這位忠厚的女子拿來我的大衣，幫我披在肩上，勸我去叫醒阿爾努大媽，向她打聽能否弄到一輛馬車。但是我拒絕了，深知這會勞而無功而且這樣一來所費的時間比我趕一半路的時間還要多。

況且我需要新鮮空氣和肉體疲憊，因為疲憊可以消除我當時過度亢奮的心情。

我帶上安泰街那套公寓的鑰匙。拉尼娜一直送我到柵欄門口，我向她告別以後就走了。

剛開始我一路小跑，因為地上剛被雨水打濕，泥濘難行，我覺得加倍疲勞。這樣跑了半小時之後，渾身都水淋淋的，我不得不停了下來，休息了一會兒，又繼續趕路。夜色漆黑，伸手不見五指，我得時時刻刻提防著撞到路旁的樹木，這些樹突兀地呈現在我的面前，就像一些向我衝過來的巨大的幽靈。

我碰到一兩輛運貨馬車，一會兒就把它們甩到了身後。

一輛敞篷四輪馬車向布吉瓦爾方向疾馳而來。當這輛馬車在我面前掠過的時候，希望突然萌生在我心頭：瑪格麗特就坐在裡面。

我停下來喊道：「瑪格麗特！瑪格麗特！」

可是沒有人回答我，馬車依舊繼續趕路。我看著它漸行漸遠，我繼續朝前走。

我花了兩小時才到達星形廣場[33]的柵欄處。

看到巴黎時我又充滿了力量，我沿著那條走過無數回的長長的林蔭道奔跑了下去。

那天晚上，路上空無一人，我感覺自己如同在一個死去的城市裡漫步。

33. 在凱旋門周邊的廣場。

天逐漸破曉了。

我剛到達安泰街的時候，這座大城市還未徹底甦醒，但已經開始了騷動。

當我來到瑪格麗特那座住宅的門口時，聖羅克教堂的大鐘正敲響五點鐘。

我把我的名字告訴門房，他以前至少得到過我二十法郎的金幣，而且知道我有權在清早五點鐘來到戈迪爾小姐家裡。所以我毫無阻攔地就進去了。

我原本可以問他，瑪格麗特是否在家，但是他很可能會告訴我不在，所以我寧可再疑惑兩分鐘，因為即使在猜疑，總還是有一線希望存在。

可是什麼聲音也聽不到，靜得彷彿鄉下一樣。我推開門走進去，所有的窗簾都掩得嚴嚴實實的。

我拉開餐室的窗簾，一抹微弱的亮光照了進來。我飛快地奔向大床，床上什麼都沒有。

我一扇一扇地打開門，仔細察看了全部房間。

空無人影，我簡直要發瘋了。

我來到梳妝室，打開窗戶，連叫了好多聲甫麗苔絲，然而托維奴瓦太太的窗戶卻一直緊閉著。

於是我下樓去問門房，我問他：「戈迪爾小姐白天是不是來過這？」

「來過，」這個人回答我，「和托維奴瓦太太一起來的。」

「她有沒有留給我一些話？」

「沒有。」

「你知道她們後來做了些什麼嗎？」

「她們坐馬車走了。」

「什麼樣的馬車？」

「一輛豪華的雙座四輪轎式的私人馬車。」

這一切究竟是怎麼回事？

我按響隔壁房子的門鈴。「您找哪一位，先生？」門房開門後問我。

「我要找托維奴瓦太太。」

「她還沒有回來。」

「您確定嗎？」

「是的，先生。這兒還有一封信，是昨天晚上剛剛送到的，我還沒有交給她呢。」

門房拿著一封信讓我看，我禁不住朝那封信瞄了一眼。我一眼就認出是瑪格麗特的筆跡。

我接過信，信封上寫道：

煩請托維奴瓦太太轉交給狄沃爾先生。

「這封信是寫給我的，」我告訴門房，指給他看信封上的名字。

「您就是狄沃爾先生嗎？」門房問道。

「是的。」

「啊！我認識您，您經常來托維奴瓦太太家裡。」

一到街上，我就迫不及待地拆開了這封信。

即便雷劈到我腳下，也不會比讀到這封信更讓我覺得驚駭。

在您看到這封信的時候，奧爾馬，我已是另一個男人的情婦了。也就是說，我們之間所有都結束了。

回到您父親的身邊吧，我親愛的朋友，回去看看您的妹妹吧，她是一個聖潔善良的女孩，她對我們這些人的悲苦一無所知。在她身邊，您會很快忘記那個叫作瑪格麗特・

戈迪爾的妓女使您遭受的痛苦。她曾經一度享受過您心甘情願的愛情，她這輩子僅有的幸福日子就是您帶給她的，眼下她希望她屈指可數的生命早點結束。

當我讀到最後一句話時，我感覺我快要發瘋了。

有一會兒我真怕要倒在街上了。我眼前掠過一片雲翳，熱血在我的太陽穴裡突突地跳動。

後來我稍許振作了一些，環顧一下四周，看到別人並不關心我的不幸遭遇，而繼續自己的生活，我不免驚異極了。

我確實不夠堅強，我獨自一人難以承受瑪格麗特給我的打擊。

這時我想到我父親正和我在同一座城市裡，再過十分鐘我就可以回到他身邊，而且他會替我分擔痛苦，不管這種痛苦緣於什麼。

我像瘋子一樣向前奔跑，一直來到巴黎飯店。看見父親的套房門上掛著鑰匙，我打開門走了進去。

他正在看書。

看到我出現在他面前，他並不怎麼吃驚，好像正在等著我似的。

我一言不發，一頭撲到他懷裡，給他看瑪格麗特的信。任憑自己跌倒在他的床前，我熱淚縱橫地痛哭起來。

chapter 23 再次相遇

當生活中的一切回到正軌的時候，我無法相信新的一天對我來說，跟以前的日子會有什麼兩樣。很多時候我總以為發生了什麼我已經記不起來的事情，使我沒能留在瑪格麗特家裡過夜，然而假如我回到布吉瓦爾的話，就會看到她像我一樣焦灼不安地等待，她會問是誰把我絆住了，使她望眼欲穿，獨守空房。

當生活中產生了愛情，而且可以為常以後，再想要打破這種愛情，而不損害生活中的其他精力，幾乎是不可能的。我不得不常常重讀瑪格麗特的信，好讓自己確定不是在做夢。由於受到精神上的刺激，我的身體差不多已經支持不住了。我心中的忐忑，夜裡的奔波，還有早晨的消息，這一切都讓我精疲力竭。我父親趁我極其衰弱的時候要我明確地答應和他一起離開巴黎。

我為父命是從。我沒有力量來進行一場爭辯，在剛剛遭遇那些事情以後，我需要一種真摯的愛來幫助我活下去。

父親十分願意來醫治我的悲慟，讓我感到分外幸福。

我能記起來的就是那天大概五點鐘左右，他讓我和他一起登上一輛驛車。他叫人替我打點好行李，和他的行李一起捆在馬車後面，一句話也沒有跟我說就把我帶走了。

我悵然若失，當城市漸漸地消失在地平線上，旅程的寂寞又勾起我心中的空虛，我才對自己的行動有所感覺。

這時我又熱淚盈眶。

父親心裡明白，任何言辭，即使是他說的也無法安慰我。他默不作聲，隨我去哭，有時只是握一下我的手，彷彿在提醒我有一個他這樣的朋友在身邊。

晚上我睡了一會兒，夢見了瑪格麗特。

我突然驚醒了，不明白我為什麼坐在馬車裡。

然後我又回想起了現實情況，我的腦袋垂在胸前。

我不敢和父親交談，我總是擔心他對我說：

「我始終是否定這個女人的愛情的，你看我說對了吧。」

他倒沒有得寸進尺。我們到了C城，一路上他除了跟我講些和造成我離開巴黎的原因毫無關係的話之外，沒有說起別的什麼。

當我抱著我的妹妹時，我突然想起了瑪格麗特信裡提及的和她有關的話，但是我旋即懂得了，不論我的妹妹有多好，她也無法使我忘掉我的情婦。

狩獵季節開始了，我的父親覺得這是給我解悶的好機會。所以他跟鄰居和朋友們組織了幾次打獵活動。我參與了。我既不反感，然而也沒什麼熱情，一副漠不關心的模樣。自從我離開巴黎之後，我的一切行為都是無精打采的。

我們進行圍獵，他們分派好我的位置，我就把卸掉了子彈的獵槍放在身邊，陷入了思考。

我看著浮雲飄過，讓自己的思緒馳騁在寂寥的原野上，我偶爾聽到有獵手在召喚我，告訴我有一隻野兔在距我十步遠的地方。

所有這些細枝末節都沒有逃過我父親的眼睛，他可沒被我表面的平靜所蒙蔽。他完全清楚，無論我現在顯得多麼消沉，遲早會產生一種可怕的、甚至危險的反作用。因此，他一方面儘量裝著並不急於安慰我，另一方面殫精竭慮地給我消解煩悶。

我的妹妹自然不清楚所有這些事，但是她捉摸不透這個一向開朗快活的我，為什麼一下子變得這麼抑鬱寡歡，心事重重。

有時候，我正在黯然神傷，無意中發現父親憂心忡忡地望著我，我伸手過去握緊他的手，彷彿在默默無語地要求他的原諒，我無意間給他造成了痛苦。

一個月就這麼過去了，然而我已經無法忍受下去了。

瑪格麗特的形象不斷出現在我的腦海。我以前，一直到現在都深愛著這個女人，根本不可能一下子把她拋諸腦後。我或者愛她，或者恨她，特別是不管是愛她還是恨她，我必須再見到她，而且要馬上見到她。

這個願望產生在我的腦際，就地生根，來勢洶湧，而且最終在我那久無生氣的軀體裡流露出來。

我想要見到瑪格麗特，不是在將來，也不是再等一個月，或者一個星期之後，而是在我有了這個想法的第二天我就要見到她。所以我告訴父親，我要暫時離開他，巴黎有些事等著我去處理，不過我會儘快回來的。

他肯定猜到了我要離開的原因，因為他堅持讓我留下。可是，看到我滿腔的惱火一觸即發，如果不實現這個願望，也許就會產生災難性的後果。他便擁吻了我，幾乎噙著眼淚要求我儘快回到他的身邊。

在到巴黎之前，我一直睡不著覺。

到了巴黎，我要幹些什麼呢？我一無所知，當然當務之急是要先找到瑪格麗特。我在家裡換好衣服，因為天氣晴朗，而且時間還允許，我就去了香榭麗舍大街。大約過了半個小時，我遠遠看到瑪格麗特的馬車從圓形廣場向協和廣場趕來。她的馬和車已經贖回來了，車子還是照舊。不過她卻沒有在車上。

我注意到她沒在車上，於是就望了一眼四周，我看到瑪格麗特正由一個我從來沒有見過的女人陪伴著走了過來。在經過我身旁的時候，她的臉色煞白，抽了一下嘴唇，浮現出一種神經質的笑容。而我呢，我的心臟在劇烈地衝擊著我的胸膛。但是我總算還保持了冰冷的臉色，冷冷地向我過去的情婦彎了彎腰打了個招呼，她幾乎立刻同她的女友一起上了車。

我瞭解瑪格麗特。這次不期而遇一定讓她心潮難平。很顯然，她一定知道我已經離開了巴黎，因此她對我們關係破碎之後的後果毫不在意。然而當她看到我重新返回，而且迎面撞上，而我的臉色又如此蒼白，她一定知道我這次回來的目的。她一定在尋思以後會發生些什麼事情。

假如我看到瑪格麗特身處逆境，而我可以給她一些援助來滿足我的報復心，那樣我也許會原諒她，一定不會考慮讓她吃什麼苦頭。然而我看到她看上去很幸福，至少表面上是如此。已經有別人取代了我，還給了她那種我不能使她繼續保持的豪華生活，而我們關係的破裂是她一手造成的，而且帶有卑鄙的利害關係的性質。我的自尊心和愛情都受到了羞辱，所以勢所必然，她必須為我遭受的痛苦付出代價才行。

我不能對這個女人的所作所為漠然視之。最能使她受到傷害的也莫過於我的無動於衷，因此，不但在她面前，而且在眾人面前，我都必須假裝若無其事。

我盡力裝出一副笑臉，去了甫麗苔絲家。

她的女僕傳話說我來了，並讓我在客廳裡稍等片刻。

托維奴瓦太太終於出現了，帶我到她的小客廳裡。正當我要坐下的時候，我聽見客廳裡傳來開門的聲音，然後地板上響起了一陣輕微的腳步聲，之後樓梯平台上的門猛地關上了。

「我打擾您了嗎？」我問甫麗苔絲。

「絲毫沒有，瑪格麗特剛剛在我這兒。她一聽到通報是您來了，就溜掉了，剛剛出去的就是她。」

「如此說來，她現在怕我了？」

「不是的，她是擔心您看到她心裡會不痛快。」

「這又是為什麼呢？」我激動地透不過氣來，一面竭力地呼吸，「可憐的女人為了重新得到她的馬車、傢俱和鑽石而離開了我，她這麼做是對的，我不應該去怨恨她。今天我已經遇到她了。」我漫不經心地補了一句。

「在哪兒？」甫麗苔絲問，她打量著我，好像在揣摩眼前這個人是否是她過去認識的那個溫柔繾綣的人。

「在香榭麗舍大街上，她和另外一個十分漂亮的女人在一起，這個女人是誰呀？」

「什麼樣子的女人？」

「頭髮金黃色，鬢髮捲曲，身材窈窕，眼睛藍色，十分華貴雍容。」

「啊！她是奧林普，確實是一位十分漂亮的女子。」

「她現在和誰在一起？」

「沒有和誰，但同樣是人盡可夫。」

「她住哪兒？」

「特隆歇街……號，哦！原來是這樣，您準備打她的主意嗎？」

「誰知道將來的事呢。」

「那麼瑪格麗特呢？」

「要是說我完全不想念她，那是撒謊。可是，我這個人很重視分手的方式。瑪格麗特那麼輕率地打發了我，這讓我覺得我以前對她那麼多情，簡直太傻了，因為我曾經的確很愛這個女子。」

您猜得出我是竭力用怎樣的聲調來說這番話的：我的額角上滲出了汗珠。

「她很愛您，的確，並且她始終都愛著您。今天她遇到您之後，馬上就來告訴我了，這就是證據。她來的時候渾身顫抖，彷彿生了病一樣差不多要暈過去。」

「那她都和您說了些什麼？」

「她和我說：『他肯定會來看望您的，』她懇請我轉達，請您原諒她。」

「我早就原諒她了，您可以這麼和她說。她是一個好心腸的女子。她如此對待我，我本來是早就該料到的。我甚至還很感激她的決心，因為今天我還一直在思考，要與她永不分離的想法會拖累我們到什麼地步。那時候我簡直瘋了。」

「要是她知道您已經和她一樣覺得不得不這麼做，她一定會非常開心。她當時離開您正是時候，親愛的。她以前提過要把傢俱賣給她的經紀人，可這個混蛋卻找到了她的那幾個債主，問瑪格麗特究竟欠他們多少錢，這些債主恐慌起來了，準備過幾天就進行拍賣。」

「那麼現在呢，債都還清了嗎？」

「差不多還清了。」

「是誰出的錢？」

「是德・N伯爵。哦！親愛的！有些男人生來就是專門幹這一行的。總之，他給了兩萬法郎，他終於達到了他的目的。他很明白瑪格麗特並不愛他，可是，這並不妨礙他對她好。您已經看到了，他替她買回了馬車，贖回了她的首飾。給她的錢和公爵以前給她的一樣多。如果她想清清靜靜地過日子，這個人倒是可以過下去的。」

「她在做什麼？她一直都住在巴黎嗎？」

「自從您走了之後，她無論如何都不願意回到布吉瓦爾。她的全部東西還是我去那兒收拾的，甚至還有您的東西。我把它們另外打了一個包裹，回頭您可以叫人取走。您的東西都全了，除了一隻印著您名字開頭字母的小皮夾子。瑪格麗特想要，把它帶回了家。如果您非要不可的話，我再去問她要回來。」

「讓她留著吧，」我嘟嘟囔囔地說，因為再想到那個我們曾如此幸福地生活過的村子，又想到瑪格麗特一心要留下我的一樣東西作為紀念，我不禁感到一陣傷感。

如果她在這個時候進來的話，我也許會跪倒在她的腳下，要報復她的決心便會化為烏有。

「另外，」甫麗苔絲接著說，「我從來沒有看到她像眼下這般模樣，她簡直不需要睡覺，她到處參加舞會，吃宵夜，甚至有時候還喝個半醉。最近一次吃過宵夜之後，她在床上躺了整整一個禮拜，醫生剛允許她起床，她就又開始不要命地過這種生活了。您想去看看她嗎？」

「何必呢？我是來看您的，因為您一向對我很友好，而且我認識您還早於認識瑪格麗特。多虧有您，我才成了她的情人。也正是因為您，我才不再是她的情人了，是這樣吧？」

「啊！自然的，我千方百計地讓她離開您。我想，以後您不會怨恨我什麼的。」

「如此我就要加倍地感激您了，」我站起來又繼續說：「因為我厭惡這個女人，她把我對她說的話太當真了。」

「您要走了嗎？」

「是的。」

我已經瞭解的足夠了。

「何時能再見到您呢？」

「不久吧！再見。」

「再見。」

甫麗苔絲一直送我到門口。當我回到家之後，眼裡含著憤怒的淚水，心中懷著復仇的渴望。

如此說來，瑪格麗特真的和其他的妓女一樣啦，她過去對我的深沉的愛情還是敵不過她對往昔生活的欲望，敵不過對馬車和歡宴的需要。

這就是晚上我夜不能寐，心中的所思所想。要是我真能像我所偽裝出來的那麼冷靜，心平氣和地思索，我就可以在瑪格麗特新的喧鬧生活中，看出她希望以此來擺脫一個糾纏不休的念頭，消除一種不斷出現的回憶。

不幸的是，那種邪惡的念頭一直主宰著我，我一心想找到一個折磨這個可憐的女人的方法。

噢！男人在他那狹隘的愛情受到傷害之後，會變得多麼渺小、卑鄙和易怒啊！

我見到過的那個和瑪格麗特一起的奧林普，假如她不是瑪格麗特的女友的話，那她至少也應該是她回到巴黎之後來往最密切的人。奧林普正要舉辦一個舞會，所以我料到瑪格麗特也會參加，於是我想方設法弄到了一張請柬。

當我懷著悲傷又激動的心情來到舞會時，舞會已經十分熱鬧了。大家跳著舞，甚至有人還在叫喊。在一次四對舞裡，我看到瑪格麗特在與德・N伯爵跳舞，德・N伯爵對自己能炫耀這樣一位舞伴而顯得洋洋自得，彷彿在對大家說：

「這是屬於我的女人！」

我背靠著壁爐，正好面對著瑪格麗特，我一動不動地看著她跳舞。她一看見我就慌了手腳。我看著她，滿不在乎地用手勢和眼神和她打了個招呼。

我想到舞會結束以後，陪著她走的人不再是我，而是這個有錢的傻瓜，我又假想他們到了她家裡之後要發生的事。這時血湧上了我的臉，我要破壞他們的愛情。

女主人玉潔冰清的肩膀和迷人的胸脯全都展現在所有賓客的面前，在四對舞之後，我走過去向女主人致意。

這個女子很漂亮，從體形上來看，她比瑪格麗特還要美麗。當我跟奧林普說話的時候，從瑪格麗特向她投過來的目光可以清楚瞭解這一點。男人做了這個女人的情夫，就可以像德・N伯爵一樣覺得驕傲，而且她的姿色也足以和曾經在我身上引起的愛慕的瑪格麗特相媲美。

她那個時候還沒有情人，要做她的情人很容易，只要花錢擺闊，引她青睞就行了。

我下定決心一定要讓這個女人成為我的情婦。

於是我一邊和奧林普跳舞，一邊開始扮演起追求者的角色。

半個小時以後，瑪格麗特的臉色蒼白得彷彿死人一樣，她披上皮大衣，匆忙離開了舞會。

chapter 24

卑劣而殘酷的折磨

這已經夠她受的了，但還不夠。我明白我有控制這個女人的能力，我卑劣地濫用了這種能力。

如今我想到她已經去世了，我捫心自問上帝是不會原諒我給她帶來的傷害的。

宵夜時嘈雜吵鬧，吃完以後我們就開始賭錢。

我待在奧林普旁邊，我下注的時候十分大膽，成功引起了她對我的注意。一會兒的時間，我就贏了一百五十至兩百路易。我把這些錢攤在她面前，她目光灼灼地盯著這些錢。唯有我一人沒有把全部的注意力放在賭博上，而是在悄悄留心她的反應。剩下的時間我一直在贏錢。我給她錢讓她去賭，因為她已經輸光了她的錢，也許她手裡所有的錢也都輸光了。

凌晨五點鐘大家各奔東西了。

我贏得了三百路易。

所有的賭客都已經下樓了，誰都沒有發覺唯有我留在後面，那些客人裡面沒有一個人在意，因為那些客人都不是我的朋友。

奧林普親自為賓客照亮樓梯，當我正要像大家一樣下樓時，突然，我又回到她身旁告訴她說：

「我要和您談談。」

「明天吧！」她回答我說。

「不，就現在。」

「您要和我談些什麼呢？」

「您即刻就會知道的。」

我又回到了房間裡。

「您輸了。」我對她說。

「是的。」

「您把手裡的錢全都輸光了吧？」

她躊躇著沒有說話。

「坦率些，說實話吧！」

「好吧，就是這樣。」

「我贏得了三百路易，都在這裡，我只希望您能夠讓我留下來。」

說完，我把金幣扔在桌子上。

「您為什麼要這麼做？」

「當然是因為我愛您呀！」

「不是這樣的，是因為您愛瑪格麗特，您是想通過做我的情人來報復她。像我這樣的女人是不會上當受騙的，親愛的朋友。不幸的是，我還很年輕，又長得漂亮，接受您提出的要我扮演的角色是不合適的。」

「如此說來，您要拒絕囉？」

「是的。」

「難道您寧可心裡愛我又讓我一無所獲嗎？那樣的話我是不會接受的。好好考慮一下吧，親愛的奧林普。本來我可以派一個人來，帶著我的條件來給您送上這三百路易，這樣您就會接受。但是我還是喜歡直接和您面談。接受吧，別管是什麼促使我這麼做。

您要知道您是十分漂亮的，我愛上您是不足為奇的。」

瑪格麗特和奧林普一樣都受人供養，但我第一次見到她時，決不會對她說出剛才我對這個女人說的這些話。因為我愛瑪格麗特，因為在她身上有這個女人身上所缺少的天性。甚至在我跟她談論這筆交易之時，雖然奧林普有絕色之美，但這個和我談成交易的女人仍然令我倒胃口。

當然，最終她還是接受了。中午，當我從她家裡出來時，她已經是我的情婦了。為了我給她的六千法郎，她認為不得不好好地和我溫存，對我情話綿綿，但是在我離開她的床時，就把這一切拋諸腦後了。

然而，也有人為了這個女人而傾家蕩產。

從這一天開始，我每時每刻都讓瑪格麗特忍受著折磨。奧林普不再和她來往了，原因您很容易理解。我送了一輛馬車和首飾給我的新情婦，我又去賭錢，最後我就像每個愛上如奧林普那樣女人的男人一樣做遍了必然會做的荒唐事。我有了新歡的消息很快就不脛而走。

連甫麗苔絲也上了當，她終於也相信我已經把瑪格麗特完全忘卻了。而對於瑪格麗特來講，要麼她已經揣測到了我這麼做的動機，要麼她和其他人一樣受騙了，她用高度的自尊心來對付我每天帶給她的傷害。可是，她看起來很痛苦，因為不管我在哪裡遇到她，看到她的臉色總是越來越蒼白，越來越悲傷。我對她的愛情過分強烈，強烈到變成了仇恨，見到她每天都這麼痛苦，我幸災樂禍。有幾次在我卑劣而殘酷地折磨她時，瑪格麗特向我投來苦苦哀求的眼神，於是我不禁對自己扮演的那種角色感到臉紅，我簡直想懇求她原諒。

但是這種內疚的心思轉瞬即逝。而奧林普最終將自尊心撇向一旁，她知道只要讓瑪格麗特受折磨，就能夠從我那兒得到所有她需要的。她不斷地挑撥我和瑪格麗特作對，一有機會就傷害瑪格麗特，和有男人撐腰的女人一樣，而且手段非常之卑劣。

瑪格麗特最後終於不再參加舞會，也不去劇院看戲了，她生怕在那兒碰到奧林普和我。這時候，我就開始寫匿名信，只要是見不得人的事，都栽到瑪格麗特身上，慫恿奧林普去散佈，我自己也去散佈。

只有瘋子才做到這一步。那時候我精神興奮，彷彿一個灌飽了劣酒的醉漢一樣，很可能手裡在犯罪，腦子裡卻覺得沒有什麼。在這麼做的時候，我內心異常痛苦。面對我的這些挑釁，瑪格麗特的態度是安詳而不輕蔑，尊嚴而不鄙視。這使我覺得她遠高於我，也促使我對她更加惱怒。

有一天晚上，不知道奧林普去哪兒的時候碰到了瑪格麗特。這一次瑪格麗特沒有饒過侮辱過她的蠢女人，一直到奧林普必須讓步。奧林普回來的時候怒氣沖沖，而暈倒了的瑪格麗特則被人抬走了。

奧林普回來之後，告訴了我剛才事情的經過，她對我說，瑪格麗特見到她單身一人就想報仇，因為她做了我的情婦。她讓我必須得寫信給瑪格麗特，跟她說以後無論我是否在場，都要尊重我愛的女人。

不用和您多說，我同意了這麼做，我把凡是我能找到的挖苦的、侮辱的和刻薄的話，都寫到信裡去了，而我當天就把這封信寄到了瑪格麗特家裡。這次打擊太厲害了。這個可憐的女人不能再忍氣吞聲地逆來順受了。

我早就猜到我肯定會收到她的回信的，於是我決定整天閉門不出。

大約下午兩點鐘，有人拉門鈴，我看到甫麗苔絲走了進來。

我竭力裝出一副若無其事的模樣，問她來找我有何貴幹。可是這次托維奴瓦太太臉上卻沒有笑容，她用一種委實激動的聲調對我說，自從我回到巴黎之後，也就是說大約三個星期以來，從來沒有放過一次折磨瑪格麗特的機會，致使她生病了。昨晚的那場風波和今天早上的信促使她病倒在床。

總之，瑪格麗特沒有責備我，卻托人向我求情，說她精神和肉體上再也忍受不了我對她的打擊。

「戈迪爾小姐把我從她家裡打發走。」我告訴甫麗苔絲說，「那是她的權力，可是，她要侮辱我愛的女人，並且藉口說這個女人成了我的情婦，這是我無法允許的。」

「親愛的朋友，」甫麗苔絲對我說，「您受到一個既沒有心肝又沒有頭腦的女子的慫恿。您已經愛上了她，確實是這樣，但這不能成為可以欺侮一個無法自衛的女人的理由呀。」

「告訴戈迪爾小姐讓她的德・N伯爵來見我，就可以勢均力敵了。」

「您很清楚她是不會這麼做的。因此，親愛的奧爾馬，就讓她得到安寧吧！要是您看到她今天的模樣，您會因為您對待她的方式而羞愧不已的。她臉色慘白，不斷咳嗽，她剩下的日子不多了！」

甫麗苔絲向我伸出了手，另外補充了一句：

「去見見她吧，您來看她，會讓她很高興的。」

「我不想遇到德・N先生。」

「德・N先生不會在她家裡的。她無法忍受他那樣的人。」

「要是瑪格麗特一定要見我，她知道我住在哪裡，讓她自己過來好啦！我絕不可能踏入安泰街的。」

「那您會好好接待她嗎？」

「一定周到地接待。」

「好吧，我可以確定她會來的。」

「讓她來吧。」

「您晚上出去嗎？」

「我整晚都會待在家。」

「我去和她說。」

甫麗苔絲離開了。

我甚至沒有寫信給奧林普，告訴她我不上她那兒去了，我和這個女子是不拘禮的。我一個禮拜難得和她過上一夜，我相信，她會從大街上隨便哪個通俗喜劇演員那兒得到安慰的。

我出去吃了個晚飯，幾乎立刻就趕回來了。我囑咐僕人給所有的爐子都生上火，並且還打發走了約瑟夫。

在一小時的煎熬等待中，我難以說出形形色色的想法，我的心情難以平靜。大約九點鐘我聽到門鈴的時候，我百感交集、十分激動，以致我去開門時，必須扶著牆以免跌倒。

幸好會客室的光線暗淡，不容易看出我的臉色變化。

瑪格麗特走了進來。

她穿一身黑衣服，還戴著面紗。我幾乎認不出她在面紗下的面容。她來到客廳，揭開了面紗。她的臉色像大理石一樣慘白。

「我來了，奧爾馬，」她說，「您希望看到我來，我就來了。」隨後，她低下頭，雙手捧著臉泣不成聲。

我走近她。

「您怎麼了？」我對她說，聲調都變了。

她緊緊握住我的手，一言不發，因為她已經淚如泉湧了。但是過了片刻，她平靜了一些之後對我說：

「你害得我好苦，奧爾馬，可是我並沒有對不起您的地方。」

「沒有什麼對不起我嗎？」我冷冷地反駁道。

「除了情勢所逼之外，我什麼都沒做。」

我見到瑪格麗特之後心裡的感覺，不知道您的一生中有沒有感受過，或者在以後是否會感受到。

上次她去我家裡，她就是坐在剛剛坐的地方，只不過從此以後，她做了別人的情婦，和她在一起的人已經不是我，而是別人。但是我還是禁不住把嘴唇湊上前去。我感覺我仍舊像從前那樣愛著這個女人，甚至比以前更甚。

然而我很難開口談她來的原因。瑪格麗特大概明白我的意思，於是她繼續說：

「我打攪您了，奧爾馬，因為我來有兩件事想求您幫忙。請原諒昨天我對奧林普所說的那些話，不要再做您為對付我而可能還要做的事，請您發發慈悲饒了我吧。自從您返回巴黎之後，不管您是否是有意的，您給了我很多的傷害，即使像我今早所受的折磨的四分之一，我也無法忍受啦。您會憐憫我的，是嗎？而且您也明白，像您這樣一個心地善良的男人，除了對一個像我這樣憂鬱成疾的女人報復，還有很多更加高尚的事可以做呢！啊，您摸摸我的手，我在發燒，我離開病床不只是為了來請求您的友誼，而是請求您高抬貴手。」

我握住瑪格麗特的手。她的手果然燒得發燙，可憐的女人裹在絲絨外套裡面瑟瑟發抖。

我把她坐著的扶手椅移到爐火邊。

「您以為我就不痛苦嗎？」我繼續說，「那天晚上，我先是在鄉下等您，後來我又去巴黎找您。可是我在巴黎卻只是找到了這封差點讓我發瘋的信。

「您怎麼能欺騙我呀？瑪格麗特，我那時候是多麼愛您啊！」

「不要說這些了，奧爾馬，我不是來與您談這個話題的。我不希望我們像仇人般地見面，如此而已。我還希望再握一次您的手。您擁有一位您很愛的、年輕貌美的情婦，願你們倆生活幸福，忘記我吧！」

「那麼您呢，您肯定很幸福囉？」

「我的面容看上去像一個幸福的女人嗎，奧爾馬？不要拿我的痛苦來嘲笑我了，您比誰都明白我痛苦的原因以及程度。」

「即便您真的像您所說的那般不幸，那麼您是否要改變這種狀況也取決於您自己。」

「不，親愛的朋友，客觀環境不以我的意志為轉移。您好像是說我順應了妓女的天性，不是如此的，我服從了一種迫切的需求，有朝一日您會明白的，而且您也會因此而原諒我的。」

「您為什麼不在今天就告訴我這些原因呢？」

「因為告訴了您這些原因也無法讓我們重修舊好，甚至您也許還會因此疏遠您不該疏遠的人。」

「這些人指誰？」

「我無法告訴您。」

「那麼您就是在撒謊嘍。」

瑪格麗特站起身，朝門口方向走去。

當我在內心把這個形容枯槁、淚流滿面的女人和當初在喜劇歌劇院嘲笑我的女子作對比，我無法看著她的沉默和形之於外的痛苦而無動於衷。

「您不能走。」我攔在門口說。

「為什麼？」

「因為，儘管您如此對待我，我依舊始終愛著您，我需要您留下來。」

「為了明天趕我走，是嗎？不，這是無法辦到的！我們兩個人的緣分已經結束了，就別再試圖破鏡重圓了，不然您可能會蔑視我，而現在您只是怨恨我。」

「不是這樣的，瑪格麗特，」我喊道，覺得只要一遇上這個女人，我所有的愛和願望都甦醒了。「不，我會忘記一切的，我們會像曾經那樣海誓山盟，那樣快樂美滿的。」

瑪格麗特懷疑地搖搖頭說：「可是我不就是您的奴隸，您的狗嗎？您願意怎麼處置就怎麼處置吧，佔有我吧！我只是屬於您的。」

她脫掉外套和帽子，把它們扔在長沙發上，突然解開連衣裙的上身扣子，因為她的病情常常會出現一種反應，好像血從心口直湧上頭來，讓她無法透過氣來。

隨之而來的是一陣嘶啞的乾咳。

「派人去和我的車夫說，」她繼續說，「把我的馬車趕回去。」

我親自下樓打發走車夫。

當我返回來的時候，瑪格麗特就躺在爐火前面，凍得牙齒格格作響。

我抱她在懷裡，替她脫掉衣服，她一動也不動，渾身冰涼，我把她抱到我的床上。

接著我坐到她身旁，試圖用我的溫存讓她的身體溫暖起來。她一言不發，只是對著我笑。

噢！這是一個讓人不能忘懷的不同尋常的晚上。瑪格麗特的生命幾乎全部傾注到她給我的狂吻當中。我是如此愛她，以至於在我極度狂熱的愛情襲來的時候，我一度尋思是否要殺了她，這麼一來她就永遠不會屬於別人了。

一個人的肉體以及心靈都像這樣愛上一個人的時候，就只能剩下一具軀殼了。

天濛濛亮時，我們兩人都醒了過來。

瑪格麗特面如土色，仍然默不作聲。大顆彷彿鑽石般的晶瑩淚珠，不斷地從眼眶滾落到臉頰上。她疲乏無力的手臂不時地張開，想擁抱我，卻又無力地垂落到床上。

一時之間我以為我可以把離開布吉瓦爾以來的事全部忘掉，我告訴瑪格麗特：

「我們一走了之，離開巴黎，你願意嗎？」

「不，不，」她簡直驚慌失措地對我說，「我們以後會倒楣透頂的。我再不能給你幸福，但是只要我還有一口氣在，你就可以隨心所欲地對待我。無論是白天黑夜，只要你需要我，你就來吧，我是屬於你的！可是別再把你我的前途和命運聯結在一起，這樣你會非常不幸的，也會讓我非常不幸。

「我現在暫且還稱得上是一個漂亮的女子，好好地享用吧！但是別向我苛求什麼了。」

她離開之後，我感到孤獨寂寞，非常恐慌。她走了大約兩個小時了，我仍然坐在她已離開的床上，凝視著遺留著她腦袋形狀的皺褶的枕頭，一邊尋思著在嫉妒和愛情之間我會變成什麼樣子。

下午五點鐘，我去了安泰街，也不知道自己到那裡去是要幹什麼。

拉尼娜給我開了門。

「夫人無法接待您。」她窘迫地告訴我說。

「為什麼？」

「德・N伯爵先生現在正在這裡，他不准我放任何人進去。」

「對，」我期期艾艾地說，「我忘了。」我彷彿一個醉漢似的回到家裡，您知道我在嫉妒得發狂的一瞬間做了什麼嗎。這時候我完全做出一件不光彩的事，您知道我做了什麼？我感覺這個女人在嘲弄我，我想像她和伯爵的幽會，對他重複著昨天夜裡對我說的話，還不讓其他人來打攪，於是我拿了一張五百法郎的鈔票，寫了以下幾個字，一同給她送過去：

今天早上您離開得太匆忙，我忘了給您付錢了。

這是您的過夜費。

送走這封信之後，我就出去了，好像是想逃避做了這種卑劣的事之後出現的一陣內疚。

我去了奧林普家，我進去的時候她正在試穿連衣裙，當只有我們兩個人在的時候，她就給我唱些淫詞豔曲，讓我消遣散心。

她是一個完全不知羞恥、沒有心肝、缺乏頭腦的妓女典型，至少對我來說是如此。因為也許有其他的男人剛和她一起做過美夢，就像我和瑪格麗特一起做過美夢一樣。

她向我要錢，我給了她，然後我就走了，直接回到自己家裡。

瑪格麗特一直沒有給我回信。

用不著和您說我是在怎樣激動不安的心情下度過第二天的。

六點半的時候，一個腳夫送來一封信給我，裡面裝著我之前寫給她的那封信和五百法郎的鈔票，此外多一句話都沒有。

「是誰交給您這封信的？」我問這個腳夫。

「是一位太太，她和她的女僕一起乘坐到布洛涅[34]的郵車離開了，她囑咐我等郵車離開院子以後再去送信。」

我飛奔趕到瑪格麗特家裡。

34. 法國第一大漁港，位於英吉利海峽附近。

「夫人今天清晨六點鐘就動身去英國了。」看門人回答我說。

沒有什麼可以讓我再留在巴黎了，不管是恨還是愛。我受到的全部的打擊，已經使我精疲力竭了。剛好我的一個朋友要去東方旅行，我便寫信告訴我父親，我想陪朋友一起去。父親寄給我一些匯票和幾封介紹信，八九天以後，我便在馬賽上了船。

在亞歷山大[35]，我從一個曾在瑪格麗特家裡見過幾次面的大使館隨員那兒，獲悉了這個可憐的女子的病情。

接著我給她寫了一封信，她給我寫了一封回信，我是在土倫[36]才收到的，這封回信您也早就看過了。

我即刻就動身返回，之後的事您就都知道了。

如今您只需要讀一下朱麗・迪普拉交給我的那些日記就行了，是對我剛才講給您的故事不可或缺的補充。

35. 埃及重要港口。
36. 法國城市，瀕臨地中海。

chapter 25 日記內容

奧爾馬的長篇敘述，時常因為哭泣而中斷。他講得很疲憊，交給我瑪格麗特親手寫的日記之後，他就用雙手按住額頭，合上眼，可能是在思量，也可能是想睡覺。

過了一陣兒，我聽到奧爾馬發出一陣稍帶急促的呼吸聲，證明他已經睡著了，然而他僅僅只是打了個盹兒，一點輕微的響動就會讓他驚醒過來。

下面即我所看到的日記內容，我連一個音節也不改動地轉錄如下：

今日是十二月十五日，我已經不舒服三四天了。今天早上我躺在床上，天色陰沉，我快快不樂。我身邊一個人都沒有，我很想念您，奧爾馬。然而您呢？當我寫下這幾行字的時候，您在哪兒？有人告訴我，您已經離開了巴黎，去了很遙遠的地方，或許您早已忘卻了瑪格麗特。總而言之，祝您幸福，您帶給我一生中僅有的幸福時刻。我再也無法忍受了，我要把我過去的行為解釋給您聽。我前段時間已經給您寫過一封信。但是，一封由我這樣的女人寫的信，極有可能被看作是滿紙謊言，除非我死了，才能讓這封信神聖化或者除非這不是一封普普通通的信，而是一份懺悔書。

今天我生病了，很有可能就這樣直到病死，因為我一直預感到我的壽命在年紀輕輕的時候就會結束。我的母親是因為肺病去世的，我那一貫的生活作風都在使我的病情加重——這是她遺留給我的唯一遺產。我不願意就此悄悄辭世，您還不知道我的所有事情，要是您回來的時候，還關心那個您離開以前愛過的可憐女子的話。

以下就是那封信的內容，為了提供給我的辯解一個新的證明，我十分樂意再把它寫一遍：

您還記得吧，奧爾馬，我們在布吉瓦爾的時候，你父親的到來使我們驚慌失措。您還記得他的到來讓我不由自主的恐懼吧？您還記得您當晚跟我講的關於您和他之間的齟齬吧？

第二天，您去了巴黎，然而左等右等總不見您的父親回來，就在這時，卻有一個男子來到我們的家，把一封狄沃爾先生寫的信交給了我。

我現在把這封信附在這裡，它用十分嚴肅的措辭要求我第二天找藉口把您支開，以便接待您的父親。他有話要跟我說，特別囑咐我一定不要告訴您他的行動。

您還記得在您回來之後，我一再堅持要您第二天再去巴黎一次嗎？

在您走後一個小時，您父親就來了。他嚴峻的臉色給我的印象就不必和您多說了。您的父親滿腦子舊觀念，他覺得凡是妓女都是一些沒有心肝，毫無理智的人，她們只是一種榨錢機器而已，就好似鋼鐵鑄成的機器一般，隨時隨地都會軋斷遞給它東西的手，絲毫不留情面，不分青紅皂白地毀滅掉保護它和使用它的人。

您父親為了要我同意接待他，先前就給我寫了一封十分得體的信，然而他來了之後卻不像他信上所寫的那麼客氣。交談剛開始的幾句話，他就十分盛氣凌人，傲慢無禮，甚至於還帶著威脅的語氣。後來，我不得不讓他清楚，這是在我家裡，如果不是因為我對他的兒子懷有真摯的愛情，我才不會告訴他我的生平。狄沃爾生先稍稍平靜了一點，不過他還是告訴我說，他無法再容忍他的兒子因為我而傾家蕩產。他說我長得確實非常漂亮，這是沒錯的。然而無論我多麼漂亮，也不該利用我的姿色去揮霍無度，就像我眼下這樣，斷送一個年輕人的前途。

對這番話只能用一點來回答，是不是？就是只能提出證據。自從我做了您的情婦之後，為了忠實於您，而又不向您要求超出您經濟能力範圍的錢財，甚至不惜做出任何犧牲。我把當票拿出來給他看，那些不能典當的東西我就賣掉了，我把買主的收條也拿出來給他看。我還告訴您父親，為了跟您一起生活而又不要給您帶來過重的負擔，我已經下定決心通過變賣我的傢俱來還債。我把我們的幸福生活講給他聽，也把您和我說過的那種平靜和快樂的生活講給他聽。他終於明白和屈服了，向我伸出手來，請求我原諒他剛見到我時的無禮態度。

然後他繼續對我說：「那麼，夫人，這樣一來的話我就不是用指責和威脅的語氣了，而是懇求您做出犧牲，這種犧牲和您已經為我兒子所做的犧牲相比還要大得多。」

我一聽這個開場白就全身顫抖不已。

您的父親走近我，緊握我的雙手，親切地繼續對我說道：「我的孩子，請您不要把我下面要跟您說的話往壞裡想。不過您要清楚生活對於心靈往往是殘酷的，然而這是一種要求，所以必須逆來順受。您是個善良的女人，您的心靈裡有很多寬厚的想法是一般女人所缺乏的。她們也許蔑視您，但卻無法和您相比。不過您要想一想，一個人除了情婦之外還有家庭，除了愛情之外還有責任。要想到一個人在生活中經過了爆發激情的年齡以後就到了需要受人尊敬的成熟的年齡，這就需要佔有一個穩固可靠的地位。我的兒子沒有很多家產，可他卻打算把他母親的遺產贈給您。即使他接受了您就要付出的犧牲，他也會出於榮譽和尊嚴把這筆錢贈與你作為交換和報答。有了這筆財產，您就能永遠避免捉襟見肘的生活。可是您的犧牲，他不能接受，因為世人不瞭解您，會以為他同意接受您的犧牲可能是由於一種不光彩的原因，以至於玷辱我家的門楣。人們不管奧爾馬是否愛您，您是否愛他，這種相互之間的愛情對他是否是一種幸福，對您是否說明在重新做人。人們只看到一件事，那就是奧爾馬．狄沃爾竟然能容忍一個受人供養的女人——我的孩子，請原諒我必須對您說這些話——為了他賣掉她擁有的所有東西。可是緊接著，責備和悔恨的日子就會到來，相信這點吧，這對您以及別人都是一樣。你們兩人套上無論如何都不能砸碎的枷鎖，那時你們該做什麼呢？你們浪費掉了大好的青春，我兒子的前途也被斷送了。而我呢，作為他的父親，我原來期待著兩個孩子的報答，現在卻只能指望一個孩子了。

「您還年輕漂亮，生活會給您寬慰的。要是您是高尚的，做一件好事可以贖清您許多以往的罪過。奧爾馬與您在一起的這半年來，他已經完全忘記了我。我曾經給他寫了四封信，他一次都沒有給我回信。或許我死了他都還不知道呢！

「奧爾馬如此愛您，無論您下了怎樣的決心以後不再像以前那樣生活，他也決不會因他的清貧而讓您跟他過苦日子的，而且這種深居簡出的生活與您的美貌是不相稱的。到那時，誰知道他會做出什麼事！他賭錢，這個我清楚，他和您隻字不提，這個我也清楚。但是，他很可能在感情興奮的時候，輸掉一部分我多年來積攢起來的錢，這部分錢是為了給他妹妹辦嫁妝用的，也是為了他，同時為了我老來能安度晚年。還得未雨綢繆，準備應付可能發生的意外事故。

「另外您是否可以確定您再也不會被為了他而拋棄的那種生活所吸引嗎？隨著年齡的增長，假如愛情的夢想被雄心勃勃的事業心所取代，你們的關係就會給您情人帶來某些束縛，您可能無法給他安慰，難道您不覺得痛苦嗎？這一切您都要想清楚，夫人。要是您愛奧爾馬，您就只能通過這種方式向他證明您的愛情：為成全他的前途而犧牲您的愛情。雖然現在還沒有什麼不幸，但是今後會發生的，也許比我料想的還要糟糕。奧爾馬會嫉妒愛上您的男人，他或許會向這個人發出挑釁，和他決鬥，最後對方就可能把他殺死。您想想，在我面前，在面對這個要求您為他兒子的生命負責的父親的時候，您將會感到多麼無地自容啊。

「總之，我的孩子，我對您和盤托出吧！因為我還沒有把全部都說出來，您要知道我到巴黎來的原因。我還有一個女兒，我剛才和您提到過她，她年輕漂亮，像天使一樣純潔。她正在談戀愛，她同樣也把這愛情當成她一生的美夢。我把這一切都寫信和奧爾馬說了，但是他的所有心思全在你身上，他沒有回信給我。現在我的女兒將要結婚了。她就要嫁給她所深愛的男人，就要踏入一個體面的家庭，這個家庭希望我們家也能夠體體面面。一旦我未來女婿的家庭知道了奧爾馬在巴黎的生活，肯定向我宣稱，要是奧爾馬繼續過這種生活，就會取消婚約。您掌握著一個女孩子的命運，但是她絲毫沒有冒犯過您啊，而且她應該擁有美好的前途和未來。

「您有權利或者有力量去破壞她美好的未來嗎？考慮到您的愛情和悔恨，瑪格麗特，把我女兒的幸福賜給我吧。」

我親愛的朋友，我邊聽這些解釋邊無聲地哭泣，這些情況我曾經也反覆思考過，而且這些事情從您父親嘴裡聽到，就更加顯得實實在在。我在想著所有那些您的父親不知道多少次到了嘴邊又不敢對我直說的話：我畢竟只是一個受人供養的女人，不管我說得多麼有理，我們的關係看起來總是像一種自私的打算。我過去的生活不允許我去夢想這樣的未來，那麼我不得不對我的習慣和名譽所造成的後果承擔責任。總之，我愛您，奧爾馬。狄沃爾先生對我像慈父般，我對他產生了聖潔的感情，我希望贏得這個正直的老人對我的尊敬，並且我相信今後會得到您的尊敬，所有的這一切喚起了我心中崇高的思想，這些思想使我在心目中感到了自己的價值，並且使我產生了從來沒有過的聖潔的自豪感。當我想到這個為了他兒子的前途而苦苦向我哀求的老人，有朝一日會告訴他女兒，要把我的名字作為一個神秘的朋友的名字來祈禱，我的思想境界就完全換了一個人，我的內心感到十分驕傲。

一時的亢奮也許誇大了這些印象的真實性，可這就是我當時的真情實感，朋友。和您一起度過的那些幸福日子的回憶，曾在另一邊讓我有一些想法，但這種新的感情，把那些想法都壓下去了。

「好吧，先生，」我一邊對您的父親說，一邊抹著眼淚，「您相信我對您的兒子的愛是真心的嗎？」

「相信！」狄沃爾先生說。

「您相信這是一種無私的愛情嗎？」

「是的。」

「您相信我曾經把這種愛情當做我生活的希望，夢想和安慰嗎？」

「完全相信。」

「那麼，先生，就像擁吻您的女兒那樣吻我一次吧，我向您起誓，這個我所得到的僅有的真正聖潔的吻，會給我力量戰勝愛情的。一個星期以內，您兒子就會回到您身邊，他也許會難受一段時間，但他從此就一勞永逸地解脫了。」

「您是一位偉大的女人，」您的父親擁吻了我的前額，對我說，「您要做的是一件天主也會重視的事，但是我很擔心您毫無辦法讓我兒子同意。」

「噢！請放心，先生，他最終會恨我的。」

我們之間從此必須築起一道不可逾越的障礙，為了您，也為了我。

我寫信給甫麗苔絲，跟她說我接受德・N伯爵先生的要求，讓她告訴伯爵，我邀請他們倆一起吃宵夜。

我把信封好，沒有告訴您父親裡面的內容，我請他到巴黎之後派人按地址送信。

但他還是問了我信裡面都寫了什麼內容。

「內容關係到您兒子以後的幸福。」我回答他。

最後您的父親又一次擁吻了我。我感覺到有兩滴感激的眼淚滴在我的前額上，這兩滴眼淚就彷彿是對我以往所犯錯誤的洗禮。在我剛同意委身於另一個男人的時候，一想到用這個新的錯誤去贖回前愆，我就自豪得神采飛揚。

這是情理中的事，奧爾馬。您曾經告訴過我您父親是世界上最正直的人。

狄沃爾先生乘上馬車走了。

可是我終究是個女人，當我再次見到您之後，我不由自主地哭了，但我沒有表現出動搖。

今天我臥病在床，可能要到死才能離開這張床。我在想：「我做得對嗎？」隨著我們不可避免要分離的時刻越來越近，我的感情流落您是親眼目睹的。您的父親已經不在那兒，沒有人支撐著我了。一想到您要怨恨我，要蔑視我，我是多麼惶惶然啊，有一瞬間我幾乎要向您和盤托出了。

有一件事您大概不會相信，奧爾馬，就是我祈求天主賜予我力量。能證明他接受了我的犧牲的是，它賜予了我所祈禱的力量。

那天吃宵夜的時候，我依舊需要幫助，因為我不願意知道自己即將會做些什麼，我多麼擔心我會沒有勇氣啊！

有誰會相信我，瑪格麗特・戈迪爾，一想到即將有一個新情人的時候是多麼痛苦呢？為了忘記一切，我借酒消愁，第二天醒來的時候我睡在伯爵的床上。

這就是所有事情的真相，朋友，請您來評判吧，並且原諒我吧！就如同我已經原諒了您從那天起所給我的所有傷害一樣。

chapter 26

失去靈魂的軀殼

在那決定命運的夜晚以後所發生的事，您和我一樣清楚，不過在我們分開以後我所遭受的痛苦卻是您不知道的，也是您無法想像的。

我知道您的父親已經帶走了您，但是我不太確定您沒有我能生活下去。記得那天我在香榭麗舍大街遇到您，那時我很激動，然而並不感到驚訝。

於是就迎來了那一連串的痛苦日子，每一天您都給我帶來一種新的侮辱，這些侮辱可以說我都近乎快樂地接受了，除了因為這種侮辱是您一直愛我的證明以外，我彷彿還覺得您越是折磨我，等到您知道真相的時候，我在您的眼裡就越是顯得崇高和偉大。

別為我這種苦中作樂的精神而感到驚訝，奧爾馬，您從前給予我的愛情打開了我的心扉，使我能容納崇高的激情了。

但我不是立即就變得這麼堅強的。

在我為您做出犧牲和您回來之間的相當長的一段時間裡，為了免得自己發瘋，為了在我沉溺的那種生活中自我麻醉，我需要借助於肉體上的疲勞。甫麗苔絲不是向您提起過，我參加所有的晚會、舞會和歡宴嗎？

我多麼希望自己由於縱情歡樂而死去，而且我深信，這個願望很快就會實現的。我的身體必然越來越壞了，在我打發托維奴瓦太太來向您求饒的時候，我已是心力交瘁了。

奧爾馬，我不願意向您再說起，在我最後一次證明給您我的愛情時，您是如何報答我的；您又是用怎樣的侮辱方式把這個可憐的女人趕出巴黎的。這個瀕臨死亡的女人，在聽到您向她要求一夜之歡而無法拒絕的時候，她彷彿一個失去理智的人，曾一度覺得她能夠把過去和現在焊接在一起。您有權利做您自己想做的事，奧爾馬。其他在我那兒過夜的人出價並沒有那麼高的。

於是我把所有棄之不顧！奧林普在德・N先生身旁代替了我，有人對我說，她已經把我離開巴黎的原因告訴了他。德・G伯爵在倫敦，他這樣的人十分看重和我這樣的女人調情，為的是能有愉快的消遣。他和跟他相好過的女人總是維持著朋友關係，既不爭風吃醋，也不懷恨在心。總之，他是一位闊老爺，他只打開他心靈的一角給我們，但他的錢包倒是一直對我們敞開著。我馬上想到了他，並且找到他。他非常周到地接待了我，但是他已經在那邊有一個情婦了，是一個上流社會的女人。他生怕和我的關係傳出去會招惹是非，對他不利，便把我介紹給他的朋友們，他們邀請我吃宵夜，然後其中有一個人就帶走了我。

您要我如何抉擇呢，我的朋友？

自殺嗎？這也許給您本應幸福的一生帶來不必要的內疚。況且，一個本就行將入木的人何必要自殺呢？

我成了一個失去靈魂的軀殼，沒有思想的東西。我過了一段行屍走肉般的生活，然後又回去巴黎，打聽您的資訊，於是我才知道您早已動身去長途旅行了。我沒有任何支持了，我的生活又恢復到了兩年前我認識您時那樣了。我試圖再勸公爵回來，但是我已經傷透了這個老人的心，老年人是沒有耐心的，無疑是因為他們發現自己不是長生不老的吧。我的病情越來越嚴重，我臉色蒼白，心情憂鬱，越來越瘦。出錢買愛情的男人在取貨之前還要先看看貨色，在巴黎隨處可見比我健康、比我豐腴的女人，大家似乎已經忘卻我了。這些就是直到今天以前的情況。

現在我已經病入膏肓了。我給公爵寫信，想問他要些錢，因為我已經囊中羞澀，債主們又紛至遝來，他們毫無同情心，帶著帳單來逼我還帳。公爵會給我回信嗎？然而您卻沒在巴黎，奧爾馬，您怎麼不在巴黎啊！要是您在的話，您會來看我的，您的拜訪會給予我安慰的。

十二月二十日

天氣很惡劣，又下著雪，我孑然一身。三天來我始終在發高燒，無法給您寫一個字。沒有什麼新情況，我的朋友。每天總是在希望能收到您的來信，但是沒有來，並且永遠都不會來了。唯有男人才狠得下心腸不給人寬恕。公爵也再沒有給我回信。

甫麗苔絲又開始跑當鋪了。

我經常不停地咯血。噢！要是您看見我，一定會很難過的。您在一個有和煦陽光的天空下是很幸福的，不像我這樣，整個冰雪覆蓋的嚴冬都壓在我的胸口上，您真是太幸福了。今天我起來了一會兒，隔著窗簾，我看到了巴黎熙熙攘攘的生活，我已經跟這種生活一刀兩斷了。有幾張熟悉的面孔快步穿過大街，他們歡歡喜喜，無憂無慮，沒有一個人抬頭望一望我的窗口。唯有幾個年輕人來過，也只是留下了姓名。記得以前曾有一次我生病的時候，您每天早晨都來打聽我的病情，雖然那時候您還不認識我，您僅僅是在第一次見到我的時候從我那兒得到過一番羞辱。而現在我又病倒了。我們曾在一起生活了半年。我把凡是一個女人心裡裝得下的和能夠給予別人的愛情全都給了您。可是您遠在天邊，您在詛咒我，我無法得到您一句安慰的話。是命運促使您這樣遺棄我，我確信不疑，要是您在巴黎，您是不會離開我的床頭和房間的。

十二月二十五日

給我治病的醫生不讓我每天都寫東西。確實，回首往事只會讓我的體溫不斷升高。可是昨天我收到一封信，這封信讓我覺得舒服多了，信中所表達的感情要比它帶給我的物質援助更讓我開心。於是，我今天能夠給您寫信。那封信是您父親寄過來的，下面就是信裡的內容：

小姐：

我剛剛才獲悉您生病了。要是我在巴黎的話，我會親自來探望您的病情的。要是我的兒子還在我身邊的話，我也會讓他去瞭解您的消息的。但是我無法離開C城，而奧爾馬又遠在六七百法里以外的地方。因此，請讓我簡單地寫封信來問候您，太太，您生病了我十分難過，但請相信我真誠的祝願，我誠摯地祝願您早日恢復健康。

我的一位好朋友H先生會去拜訪您，請您接待他。我請他為我辦理一件事，我正焦急地等待著事情的結果。

致以最崇高的敬意！

這就是我收到的那封信。您的父親懷有一顆高尚的心，您要好好地尊敬和孝順他，我的朋友。因為世界上很少有值得我們愛戴的人。這張署上他名字的信紙，遠比我們的名醫開出的一切藥方都要有效得多。今天早上H先生過來拜訪我了。狄沃爾先生託付給他的使命，似乎讓他很是為難。他是特意代表您父親帶一千埃居給我的。最開始我想拒絕，但是H先生對我說，要是我不接受的話會衝撞狄沃爾先生的。狄沃爾先生讓他先給我這筆款子，然後再滿足我的其他需求。我接受了這筆幫助，這來自您父親的援助不能稱為施捨。如果您回來的時候我已經去世了，請把我上面所寫的兩段話交給他看，並告訴他，他好意寫給慰問信的那個可憐的女子，在寫下這幾行字的時候流下了感激的熱淚，並且為他向上帝祈禱。

一月四日

我剛度過了一段非常難熬的日子。我以前不知道生病會讓人這麼痛苦。噢！我曾經的生活啊！現在加倍償還給我了。

每天夜裡都會有人照料我。我無法喘過氣來。我可憐巴巴的一生餘下的日子就這麼在說譫語和咳嗽中度過。

我的餐廳裡擺滿了我的朋友們送過來的糖果和各式各樣的禮物。在這些人當中，不消說肯定有人希望我將來能做他們的情婦。要是他們看到疾病把我折磨成了什麼模樣，他們肯定會嚇得逃之夭夭的。

甫麗苔絲把我收到的新年禮物拿去送禮。

天氣寒冷徹骨。醫生告訴我，要是天氣持續好下去，過幾天我就可以出去走走了。

一月八日

昨天我乘著我的馬車出門。外面陽光燦爛，香榭麗舍大街上人頭濟濟，真是一個陽光明媚的早春。我的周圍一片歡樂的節日氣氛。我從未想過，我還能夠在陽光下看到往日那些讓人開心、溫馨以及欣慰的氛圍。

我差不多碰到了全部的熟人，他們一直是那麼興高采烈，仍舊忙於尋歡作樂。有那麼多身在福中不知福的人啊！奧林普坐在德・N先生送給她的一輛漂亮的馬車裡從我身邊經過。她試圖用目光來羞辱我，她不知道我現在已經和虛榮心相距十萬八千里了。一個我早就認識的正派青年，問我是否願意和他一起吃宵夜，他說他的一個朋友很想認識我。

我淒苦地笑了笑，伸給他看我燒得滾燙的雙手。

我從來沒有見過比他更大驚失色的面孔。

四點鐘左右我回到家裡，吃晚飯的時候胃口還非常好。

這次出門對我的身體來說是有益處的。

要是我的病治好了，那該有多好啊！

有一些人前一天還靈魂孤獨，在陰沉沉的病房裡祈求早點死去，但是當見到別人的幸福和活力之後，便有了一種繼續活下去的願望。

一月十日

希望恢復健康只不過是一個夢想。我又重新躺倒在床，身上塗滿了讓我全身發燙的膏藥。以前千金難買的身體，現在能值幾何呢！

我們一定是前世作孽太多，要不就是來生會盡享榮華，所以上帝才讓我們今生經歷一些贖罪的折磨以及各種痛苦的考驗。

一月十二日

我一直很難受。

德・N伯爵昨天來給我送錢，但我拒絕了。這個人的東西我根本不要，就是因為他您才沒有留在我身邊。

唉！我們在布吉瓦爾的日子多美啊！那些美好的日子如此安在？

此刻您又在哪兒啊？

只要我還能活著走出這個房間，我一定會去朝拜我們一起住過的那座房子，可是看來我只能在死後被抬著出去了。

誰知道我明天還能不能再給您寫信呢？

一月二十五日

我已經有十一個晚上無法好好安睡了，我悶得透不過氣來，我時刻都覺得自己快死了。醫生叮囑我不能再動筆了。朱麗・迪普拉看護著我，她倒允許我給您寫下這幾行字。難道在我離世以前您就不會回來了嗎？難道我們之間的全部關係就這樣永遠結束了嗎？我覺得要是您回來的話，我的病就能康復。可是康復了又有什麼用呢？

一月二十八日

今天早晨，我被一陣很大的喧鬧聲吵醒了。睡在我房裡的朱麗立刻衝進餐室。朱麗在和幾個男人爭吵，可什麼用都沒有。然後她哭著回來了。

原來他們是來查封的。我告訴朱麗，讓他們去執行他們所說的司法命令吧！我看見執法員戴著帽子，走進我的房間。他們仔細地檢查每一個抽屜，一一登記下看到的東西，但是好像沒有看到床上還躺著一個生命垂危的女人一般。幸好法律仁慈，總算沒有查封掉這張床。

他們在臨走時告訴我，我可以在九天之內向法院提出反對意見，但是他們留下了一個人來看守！天啊，我變成什麼啦！這場風波讓我的病情加重了。甫麗苔絲想向您父親的朋友要些錢，但是我反對她這樣做。

今天早上我收到了您的來信，這是我期盼已久的。您能否及時收到我的回信呢？您還能來看我嗎？這是幸福的一天，它讓我忘掉了六個星期以來我所度過的全部日子。雖然我在給您寫回信的時候心情非常悲哀，但我現在覺得已經好受多了。

總之，人不可能永遠不幸的。

我想，或許我死不了，或許您會回來，或許我將再一次看到春天來臨，或許您依舊是愛我的，或許我們又可以重新開始從前的生活了！

我簡直要發瘋了！我幾乎都無法握住筆了，可是我正在用這支筆把我瘋狂的夢想寫給您。

無論發生什麼事，我都會深深地愛著您。奧爾馬，要是沒有了愛情的回憶和希望您在我身邊的夢想支撐著我，我可能早已不在人世了。

二月四日

德•G伯爵回來了。原來他的情婦騙了他，他心裡很難過，他本來是非常愛她的。他告訴了我所有的一切。這個可憐的年輕人的事業發展很糟糕。

我和他談起了您，他答應我向您說說我的近況。這時我竟然忘記了我以前做過他的情婦，而他也想讓我忘掉這件事！我發現他的心地很善良。昨天公爵派人過來打聽我的病情，今天早晨他親自來了。我不清楚這個老頭是如何生活下來的。他在我的身邊待了三個小時，但是沒有和我說幾句話。當他看到我慘白的臉色時，兩大滴淚珠從他的眼眶裡滴落下來。他大概是想到了他女兒的去世才哭的。

他就要看著她死第二次了。他傴僂著背，耷拉著腦袋，嘴角下垂，目光黯淡，他衰朽的身體背負著歲月和痛苦這兩個重負。他還從沒責備過我一句，別人甚至會說他看到病魔對我的摧殘而暗自幸災樂禍呢！我年紀輕輕的，就已經被病痛壓垮了，看得出來他正對自己可以站立而覺得洋洋得意呢。

天氣又變壞了。沒有人來看望我，只有朱麗盡心盡力地照顧我。因為我不能再給予甫麗苔絲像以前那麼多錢，她就開始藉口有事不到我這裡來了。

來了好幾位醫生，這更證明我的病加重了。既然我的死期已臨近，我開始後悔順從您父親了。要是我早知道在您以後的生活中我只佔用一年的時間，至少我會握著朋友的手死去。要是我們一起生活這一年，我不會死得如此快，這倒是真的。

「上帝的意思是不可違拗的！」

二月五日

奧爾馬，我難受得要命，我要死了，我的天哪。

昨天我還是那麼愁腸百結，我竟然不想待在家裡，而寧願到其他地方去度過晚上，我覺得這一晚會和前一晚一樣漫長難眠。早上公爵來過了。我覺得見到這個被死神遺落了的老頭，會讓我死得更快。

雖然我還發著高燒，但我還是讓人給我穿好衣服，坐車去沃德維爾劇院。我讓朱麗幫我塗了胭脂和口紅，不然我真有點兒像一具僵屍了。我來到第一次和您約會的那個包廂，我用全部的時間一直盯著那天您坐過的座位，可是昨天那兒卻坐著一位鄉巴佬，一聽到演員庸俗的插科打諢，就粗野地哈哈大笑。我被送回家時，已經半死不活。我整個晚上都在咳血。今天我說不出話了，只可以勉強動動胳膊。天哪！天哪！

我快要死了，本來我就是在等死，可是我無法忍受這種簡直超過我承受限度的痛苦，如果……

從這個字開始，瑪格麗特勉強寫下的幾個字已難以辨認了。接著續寫的是朱麗・迪普拉。

二月十八日

奥爾馬先生：

自從瑪格麗特堅持要去看戲的那一天起，她的病情就越來越嚴重。她的嗓子已完全無法發出聲音，四肢也無法再動彈了。我們可憐的朋友所忍受的痛苦是難以言表的。我無法適應這種不安，我持續地感到恐懼。

我多麼希望您眼下能在我們身邊啊！她不停地在說譫語，但是，無論是在昏迷還是清醒的時候，只要她能說幾個字，那肯定是您的名字。

醫生告訴我說，她已經活不長了。自從她病重以來，老公爵再沒有來過。他對醫生說，這種場面太讓他痛苦了。

托維奴瓦太太的為人真不怎麼樣。這個女人一直幾乎全靠瑪格麗特來維持生活，她以為在瑪格麗特身上能弄到更多的錢。但她欠下一些債，現在已無法償還的債。當她看見她的鄰居對自己已經毫無用處的時候，她甚至都不來看她了。所有人都拋棄了她。德·G先生被債務逼得不得不又到倫敦去。在臨走時，他送了些錢來給我們，我明白他已經是盡力而為了。可是眼下又有人來查封，債主們現在就等著她死，以便對她的東西進行拍賣。

我本來想用我僅剩的一些積蓄阻攔查封，但是執法員告訴我，這無濟於事，而且他還要執行其他判決。既然她快要死了，還不如放棄一切的好，又何必為那她不想見到，而且也從未愛過她的家庭保全什麼東西呢。您根本無法想像可憐的女子是如何在金玉其外敗絮其中的環境中撒手人寰。昨天，我們已經一文不名了。甚至餐具、首飾、披肩，能當的都當了，其餘的不是賣掉就是被查封了。瑪格麗特對她周圍出現的事意識很清楚，她肉體上、精神上以及心靈上都在忍受著痛苦。豆大的淚珠從她的臉頰滑落，她的臉蒼白又瘦削，要是您看見的話，您也認不出這就是您過去的意中人的面龐。她要我答應在她無法再寫字的時候給您寫下去。她的眼睛望著我這邊，但是她看不到我，因為她的目光早已被即將到來的死神遮住了。可是她依然在微笑，我可以肯定她的所有心思和整個靈魂都寄託在您的身上了。

每當有人開門時，她的眼睛就閃現出光芒，以為是您來了。然而當她看到來人不是您的時候，她的臉上又恢復痛苦的神色，並被滲出的一陣一陣冷汗沾濕，面頰變得通紅。

二月十九日，午夜

今天是個多麼淒慘的日子啊，親愛的奧爾馬先生！今日早上瑪格麗特已經透不過氣了，直到醫生給她放了血，她才回過一些氣來。醫生勸她請一位神父，她同意了。醫生親自到聖羅克教堂替她請來一位神父。

這時，瑪格麗特叫我到她的床邊，讓我替她打開她的衣櫥。她指著一頂便帽、一件鑲滿花邊的長襯衫，用微弱的聲音對我說：

「懺悔之後我就要死了，到時請您給我穿上這些東西：一個垂死的女人這樣打扮比較好。」

接著她痛哭著擁抱我，又說：

「我可以講話，但是講話的時候我憋得慌；我憋得慌！透不過氣！」

我淚如泉湧，打開了所有的窗戶。過了片刻，神父進來了。

我向他迎過去。

當他知道是在什麼人家裡的時候，他似乎擔心會受到冷遇。

「大膽進來吧，神父！」我真誠地對他說。

他沒有在病人的房間裡待多久，出來的時候對我說：

「她這一生過的是罪人的生活，但是她將會像一個基督教徒一樣死去。」

過不多久他又回來了，一個侍童陪著他一起進來，手中擎著一個耶穌受難十字架，還有一個是聖器室管理人，搖著鈴，在他們前面走著，象徵上帝來到了臨終者的家裡。

他們三個人一起走進臥室，以前這裡有過多少奇談怪論，眼下卻成了一個聖體龕。

我跪了下來。我不知道這種場景留給我的印象會持續多久，但是我相信，到目前為止，人世間還沒有發生過使我留下如此深刻印象的事情。

神父在垂危病人的腳、手和腦門上塗了聖油，背誦了一小段聖經，瑪格麗特已做好了升天的準備，要是上帝看到了她生時的磨難和死時的聖潔，她無疑可以進入天堂。

從那時起，她一聲不吭，動也不動。如果不是聽到她的喘氣聲，我還覺得她已死了呢。

二月二十日，下午五點鐘

一切都結束了。

瑪格麗特在大約凌晨兩點鐘進入彌留狀態。並且從她嗓子裡發出的叫喊聲來判斷，從未有一個病人忍受過這樣的折磨。有兩三回她從床上筆直地坐起來，似乎是想要抓住正在升天的生命一樣。

也有那麼兩三次她喊著您的名字，隨後一切又歸於寂靜，她精疲力竭地倒在床上。

無聲的眼淚默默地從她的眼眶裡流了出來，她遠離了塵世。

於是我繼續走近她，呼喚她，她沒有回答，我合上她的雙眼，吻了吻她的額角。

可憐的、親愛的瑪格麗特啊，但願我是一位聖潔的女人，就讓這一吻把你託付給上帝吧。

然後，我按照她生前請求我做的那樣給她穿戴好，我去聖羅克教堂找了一位神父。我為她點了兩根蠟燭，在教堂裡替她默默祈禱了一個小時。

我把她餘下的一點錢全都施捨給了窮人。

我對宗教不大在行，可是，我想上帝會明白我的眼淚是真摯的，我的祈禱是虔誠的，我的施捨是真心真意的。上帝會憐憫她，她去世的時候還年輕貌美，只有我一個人為她合上雙眼，替她送葬。

二月二十二日

今天舉行了葬禮，瑪格麗特的許多女友都趕到教堂，有幾個還真誠地哭了。當送葬隊伍向蒙馬特爾公墓走去的時候，只有兩個男人跟在隊伍後邊，一個是德・G伯爵，他特地從倫敦趕回來，另外一個是公爵，兩個隨從攙扶著他。

我是在她的家裡，含著眼淚，在燈光下把所有詳細經過寫下來告訴您的。在慘澹地燃燒著的燈光旁邊，放著晚飯，正如您想像的那樣，我一口飯也吃不下。可是拉尼娜還是吩咐下人做好了，因為我已經整整二十四小時沒有吃東西了。

這些陰慘慘的景象無法長期留在我的記憶裡，因為我的生命已經不再屬於我了，就和瑪格麗特的生命不再屬於她一樣，因此我就在發生這些事情的地方把這些事原原本本地告訴您。生怕時間一長，我在您回來的時候就無法把這些慘相確切地講給您聽。

chapter 27 真摯的愛情

「您看完了嗎？」當我看完這些手稿之後，奧爾馬問我道。

「要是我所讀到的都是真實的話，我的朋友，我瞭解您經受的是怎樣撕心裂肺般的痛苦！」

「我父親在一封回信中向我證實了所有。」

我們又談論了一會兒這個女子壽終正寢的悲慘命運，然後我回家休息了一會兒。

奧爾馬始終很傷心，但是講述了這個故事之後，他心情稍微輕鬆了一些。他很快恢復過來，我們一起去拜訪了甫麗苔絲與朱麗・迪普拉。

甫麗苔絲剛剛破了產。她告訴我們是瑪格麗特害她破產的。瑪格麗特在生病的時候，曾向她借了許多錢，於是她開了一些無法償還的期票。瑪格麗特死的時候沒能還錢給她，因為沒有給她收據，所以她算不上債權人。

托維奴瓦太太四處散佈這種無稽之談，並且為她經濟困難找托詞。她憑藉這樣的說法，從奧爾馬那兒撈到一張一千法郎的鈔票。雖然奧爾馬不相信她說的，但是他寧可假裝信以為真，他對所有和他情婦接近過的人和事都十分尊敬。

然後我們去了朱麗‧迪普拉家裡，她向我們講述了她親眼目睹的悲慘經過，在回憶起她的朋友時，她禁不住潸然淚下。

最後，我們來到瑪格麗特的墓地，四月的陽光催開了新綠的樹葉。

奧爾馬還剩最後一件必須要做的事，那就是去見他的父親。他還希望我陪同他一起去。

我們一起到了C城，在那兒我見到了狄沃爾先生，他就像他兒子給我描述過的那樣：神態威嚴，身材高大，性情和藹。

他噙著滿眼幸福的淚水迎接奧爾馬，並親切地和我握手。不一會兒，我就發現在這個收稅員的身上，父愛凌駕於一切之上。

他的女兒叫布朗什，眼睛明亮，目光清澈，嘴唇漾出微笑。所有這一切表明她的靈魂裡只孕育著聖潔的思想，她的嘴巴只能說出虔誠的話語。見到哥哥回來，她莞爾一笑，貞潔的少女不瞭解，一個遠離她的妓女，僅僅為了維護她的幸福，犧牲了自己的幸福。

我在這個幸福的家庭裡住了一段時間，全家人都把心思放在這個歸來時心靈的創傷剛剛平復的人身上。

我回到巴黎，按照我所聽到的記錄下這篇故事。這篇故事唯一的可取之處，就是它的真實性，不過這一點大概會引起爭議。

我不想從這個故事中得出如下結論：凡是像瑪格麗特那樣的妓女都能夠像她那樣地為人。而事實也遠非如此，但是我知道她們當中的一位女子，在她的一生中曾有過一次十分真摯的愛情，她為此而受盡磨難，直至死去。我把我聽到的故事講給讀者聽，這是一種責任。

我不是在宣揚邪惡墮落，但是不管在什麼地方，只要我聽到這種品格高尚的不幸者在祈求，我就要為他們大聲疾呼。

我再重申一遍，瑪格麗特的故事是一個特例；但是倘若這樣的故事司空見慣的話，也就沒有把它寫下來的必要了。

經典新版世界名著：31

茶花女【全新譯校】

作者：〔法〕小仲馬
譯者：黃晶
發行人：陳曉林
出版所：風雲時代出版股份有限公司
地址：10576台北市民生東路五段178號7樓之3
電話：(02) 2756-0949
傳真：(02) 2765-3799
執行主編：劉宇青
美術設計：吳宗潔
業務總監：張瑋鳳

初版日期：2023年8月
版權授權：鄭紅峰
ISBN：978-626-7303-75-7

風雲書網：http://www.eastbooks.com.tw
官方部落格：http://eastbooks.pixnet.net/blog
Facebook：http://www.facebook.com/h7560949
E-mail：h7560949@ms15.hinet.net
劃撥帳號：12043291
戶名：風雲時代出版股份有限公司

風雲發行所：33373桃園市龜山區公西村2鄰復興街304巷96號
電話：(03) 318-1378
傳真：(03) 318-1378
法律顧問：永然法律事務所 李永然律師
北辰著作權事務所 蕭雄淋律師

行政院新聞局局版台業字第3595號 營利事業統一編號22759935

定價：320元

國家圖書館出版品預行編目資料

茶花女 / 小仲馬著；黃晶譯. -- 臺北市：風雲時代出版股份有限公司, 2023.07　面；　公分

譯自：La dame aux camélias
ISBN 978-626-7303-75-7 (平裝)

876.57　　112007545